고바우 김성환의 **편편상**

고바우 김성환의 편편상

초판 1쇄 인쇄 | 2006. 4. 27
초판 1쇄 발행 | 2006. 5. 3

지은이 | 김성환
펴낸이 | 손상목
펴낸곳 | 도서출판 인디북

등록일자 | 2000. 6. 22
등록번호 | 제 10-1993호
주　소 | 서울시 마포구 용강동 469번지 하나빌딩 2층
전　화 | 02)3273-6895　**팩　스** | 02)3273-6897

ISBN 89-5856-086-X　　03810

고바우 김성환의

편 편 상

김성환 글·그림

일본연도 경장 3년(1598). 도요토미 히데요시(豊臣秀吉)가 항상 염두에 두고 있던 '나오에 가네쓰구(直江兼續)'란 영주는 그의 가신들과 백성들을 위해 광산과 농지 개발, 관개공사 등을 벌임으로써 명군(名君)으로 알려져 있었다. 전국시대 직후여서 아직도 무사들은 농사꾼 등 평민을 벌레만도 못하게 여기고 살해해 버리는 관습이 남아 있을 때였다. 한번은 나오에 가네쓰구의 부하 무장 삼보오지(三寶寺)라는 자가 자기의 말단부하를 칼로 베어 버리는 사건이 일어났다. 죽은 자는 고스케(五助)란 자였는데 그 내용인즉 고스케가 좀 억울하게 당한 것이었지만, 당시의 관습으론 주인이 부하를 죽인 것이므로 어쩔 도리가 없는 일이었다. 그러나 삼보오지의 영주가 되는 나오에 가네쓰구가 워낙 인자한 명군으로 알려져 있어서 그런 점을 믿고 고스케의 친형제 등 친척들은 영주의 거처로 몰려가 "커다란 잘못을 저지른 것도 아닌데 죽음을 당했으니 고스케를 살려내 주십시오." 하고 무리한 탄원을 했다. 나오에 가네쓰구도 그 내용을 알고 보니 가엾어서 삼보오지를 엄하게 꾸짖고 유족들에겐 "돈 이십 덩이를 줄 터이니 장례를 후하게 치러 주는 것으로 참아 달라."고 달래 주었다. 당시의 제도로는 커의 파격적인 대우로 볼 수 있었다. 그럼에도 불구하고 유족 일동은 무작정 고스케를 살려 내라는 고집불통 일변도였다. 차라리 보상을 더 해 달라는 것이라면 모를까 죽은 자를 살려 내라고 불가능한 탄원을 계속 벌이는 것이었다. 참다 못한 나오에 가네쓰구는 유족 대표 중 가장 중심인물인 고스케의 맏형과 작은아버지와 처남 세 사람을 불러들여 앉혀 놓고 "어떻게 해서든 목숨을 살려 내고 싶으면 내가 염라대왕 앞으로 너희들이 고스케를 살려 달라고 한다는 취지의 편지를 써 놓았으니 이것을 갖고 직접 대왕 앞에 가 고스케를 살려 내서 데리고 돌아오라."라고 말했다. 그리고는 '염라대왕 전상서(閻羅大王 前上書)'라고 쓰인 편지를 던져 주고 그 자리에서 세 사람의 목을 쳐 버렸다. 그러고 나서 이런 내용을 담은 방(公告)을 내붙이고 그 편지까지 일반인에게 공개했다. 탄원 내용이 불가능한 걸 뻔히 알면서도 윗사람에게 억지를 쓴다면 주종관계가 깨지는 동시에 사회의 붕

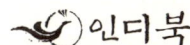

베트남의 여성 영화감독인 트린 민하(Trinh T. Minh-ha)는 "No history without Histories."란 말을 했다고 한다. 예컨대 일본이나 중국의 역사 없이는 한국의 역사를 쓸 수 없다는 얘기가 된다. 일본의 역사를 쓸 때에도 한국의 역사를 모르고 쓸 수는 없다. 또 한국의 역사도 일본의 역사와 동아시아의 역사 없이는 쓸 수 없으며 동아시아의 역사도 세계의 역사 없이는 쓸 수가 없다는 얘기가 된다. 즉 어느 한 나라의 역사는 그 나라의 역사만으로 쓸 수가 없다.

'아무도 우리나라 역사에 간섭치 말라.'는 것은 역사를 쓰는 방식이 아닌 것이다. 상대방의 역사관을 짚고 이쪽 역사를 쓰지 않으면 틀리게 되기 쉽다. '병자호란'이든 '살수대첩'이든 '임진왜란'이든 중국과 일본의 역사를 무시하고 쓸 수 없다는 것은 너무나 자명하다. 그런 의미에서 역사교과서에는 없는, 사소하게 보이지만 그 내용엔 의외로 우리나라와 연관이 있거나 직접 또는 간접으로 알아 두었으면 하는 중국과 일본의 단편적인 얘기들을 많이 담았다. 예를 들면 명치천황 시대 때 대두된 '정한론(征韓論)'만 하더라도 단순히 그 문자(文字)만을 보면 마치 '정한론자'만이 한국을 침략하고자 한 것처럼 보인다. 그러나 한국을 속국화하되 그 방법론과 시간만이 달랐을 뿐이고 그들 스스로의 내부갈등과 충돌도 복잡 미묘하다. '정한론자'란 명칭에 구애된다면 그 판단기준도 구름이 낄 수도 있다. 물론 넓게는 유럽이나 아프리카 또는 미 대륙의 단편적인 역사 얘기도 이러한 맥락을 잇기 위해 간단 간단히 짚어 보았다.

한 가지 얘기만 가지고 너무 깊이 들어간다면 그 또한 끝이 없다. 거시적(巨視的)인 시각 속에 미시적(微視的) 의외(意外)성이…… 또는 미시적 시각 속에 의외로 거시적인 사건이 연결될 수도 있는 문자 그대로 편편(片片)상(想)인 고로 잠이 안 올 때 듬성듬성 읽다가 잠들면서 '그런 일도 있었나?' 하고 가볍게 넘겨 주었으면 하고 바란다.

김성환

차례

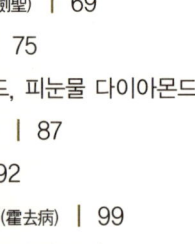

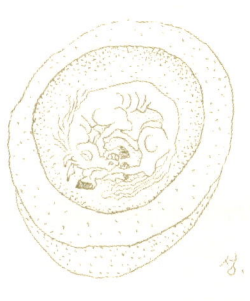

염라대왕 전상서(前上書)

일본연도 경장 3년(1598) 도요토미 히데요시(豊臣秀吉)가 항상 염두에 두고 있던 '나오에 가네쓰구(直江兼續)'란 영주는 그의 가신들과 백성들을 위해 광산과 농지 개발, 관개공사 등을 벌임으로써 명군(名君)으로 알려져 있었다.

전국시대 직후여서 아직도 무사들은 농사꾼 등 평민을 벌레만도 못하게 여기고 살해해 버리는 관습이 남아 있을 때였다. 한번은 나오에 가네쓰구의 부하 무장 삼보오지(三寶寺)라는 자가 자기의 말단부하를 칼로 베어 버리는 사건이 일어났다. 죽은 자는 고스케(五助)란 자였는데 그 내용인즉 고스케가 좀 억울하게 당한 것이었지만, 당시의 관습으론 주인이 부하를 죽인 것이므로 어쩔 도리가 없는 일이었다. 그러나 삼보오지의 영주가 되는 나오에 가네쓰구가 워낙 인자한 명군으로 알려져 있어서 그런 점을 믿고 고스케의 친형제 등 친척들은 영주의 거처로 몰려가 "커다란 잘못을 저지른 것도 아닌데 죽음을 당했으니 고스케를 살려내 주십시오." 하고 무리한 탄원을 했다. 나오에 가네쓰구도 그 내용을 알고 보니 가엾어서 삼보오지를 엄하게 꾸짖고 유족들에겐 "은 이십 덩이를 줄 터이니 장례를 후하게 치러 주는 것으로 참아 달라."고 달래 주었다.

당시의 제도로는 거의 파격적인 대우로 볼 수 있었다. 그럼에도 불구하고 유족 일동은 무작정 고스케를 살려 내라는 고집불통 일변도였다. 차라리 보상을 더 해 달라는 것이라면 모를까 죽은 자를 살려 내라고 불가능한 탄원을 계속 벌이는 것이었다. 참다 못한 나오에 가네쓰구는 유족 대표 중 가장 중심인물인 고스케의 맏형과 작은아버지와 처남 세 사람을 불러들여 앉혀 놓고 "어떻게 해서든 목숨을 살려 내고 싶으면 내가 염라대왕 앞으로 너희들이 고스케를 살려 달라고 한다는 취지의 편지를 써 놓았으니 이것을 갖고 직접 대왕 앞에 가 고스케를 살려 내서 데리고 돌아오라."라고 말했다. 그리고는 '염라대왕 전상서(閻羅大王 前上書)' 라고 쓰인 편지를 던져 주고 그 자리에서 세 사람

의 목을 쳐 버렸다. 그러고 나서 이런 내용을 담은 방[公告]을
내붙이고 그 편지까지 일반인에게 공개했다.

탄원 내용이 불가능한 걸 뻔히 알면서도 윗사람에게 억지
를 쓴다면 주종관계가 깨지는 동시에 사회의 붕괴로 연결되므
로 질서를 잡기 위해 이렇듯 가혹한 판결을 내린 것이었다. 그
후 이렇게 무리한 탄원을 하는 일은 뚝 그치고 말았다. 결코 나
오에 가네쓰구가 잘했다고는 볼 수 없으나 탄원이든 보상이든
부탁이든 간에 모든 일에는 한계라는 게 있어야 하지 않을까?

삼대 기업(三代 奇業)

우리나라엔 고래로부터 삼대에 걸쳐 전승되어 오는 특이한 기술 세 가지가 있었다. '어처구니'와 '사진(絲診)' 그리고 '명청(鳴聽)'이 그것이다.

기막힌 일을 당할 때 흔히 "어처구니없다."라고 하지만 원래 어처구니란 대궐이나 대문 지붕 위 끝쪽에 붙어 있는 전설 속의 동물 '어처구니'를 말하는데 해태와 같이 물과 불을 다스린다. 이 조그마한 동물군상은 접착제도 없이 지붕 끝에 나란히 한 줄로 얹어져 있고 폭풍우가 불어도 끄덕도 하지 않아야 하는 대단한 전승기술이 된다.

'사진'은 TV사극에도 나오지만 황후마마 같은 고귀한 영부인을 진맥할 때 마마의 손을 직접 잡을 수 없어서 손목에 실을 매고 그 실 끝쪽을 잡고 진맥하는 전의(典醫)의 기술을 말한다. 용의자의 손가락 끝에 줄을 매고 손끝이 떨리는 진동횟수로 거짓말 여부를 가려내는 '거짓말 탐지기'와 같은 맥락이다.

세 번째 '명청'은 대궐의 쪽마루를 까는데 상감마마나 황후 등 고귀한 분이 거닐 때 소리가 나게 해서 하인들이 받들어 모시게끔 한 것을 말한다. 이 '명청'의 기술은 일본으로 건너가 궁궐이나 영주의 거처 밖 마루를 깔았는데 일본말로는 '우구이스바리(앵무새 깔기)'라 부른다. 앵무새 소리가 난다고 해서 붙여진 명칭인데 일본의 '명청'은 영주의 내왕을 알리기 위한 것보다는 밤중에 잠입해 들어오는 자객이 마루를 밟아 새소리가 나면 숙직을 하던 무사들이 뛰어나오게끔 돼 있었다. 마루를 깐 밑에다 구부러진 쇠막대기를 교묘하게 설치해 놓아 밟을 때 새소리가 나게 한 것이다.

한국에선 삼대 기업이 있었지만 일본엔 십대 기업까지 있었다. 야마다 아사에몽(山田淺右衛門)이란 사람은 막부 시대의 사족 출신이지만 대대로 영주들의 칼 실험을 맡아 해 주고 구전을 받아 왔다.

영주들이 헌납 받거나 사들인 명검을 실험해 보려면 실제로 사람의 시신을 베어 봐야 했었고 이러한 실험이 세습이 된 셈인데, 처음엔 사형당한 죄수들의 시신을 토막 내다가 나중엔 살아 있는 죄수들의 목을 자르는 것으로 임무가 변질되어 10대에 걸쳐 세습으로 내려온 것이다.

한마디로 목을 베는 게 뭐 그리 어려울 게 있느냐 하겠지만 명수로 쳐준 까닭은 목을 단번에 자르되 목 앞 가죽 한 겹을 남기고 잘라서 목이 앞쪽으로 대롱대롱 매달리게 했기 때문이었다. 무사들은 자신의 목이 땅바닥에 떨어져 흙이 묻는 걸 질색으로 싫어했다. 사형수라 하더라도 얼굴 자체엔 어떤 인격이 있는 것으로 알았던 것이다.

10대째 야마다는 죄수의 목덜미 뒤쪽에서 칼을 치켜들면서 '제행무상(諸行無常)', '시생멸법(是生滅法)', '적멸위락(寂滅爲樂)' 등 경문을 외웠다고 한다. 비록 죄수라 하더라도 산 사람의 목을 베는데 속이 편할 리 없다. 열심히 불경을 외우고 목을 쳐도 때때로 그는 자다가 주위 사람들이 깜짝 놀랄 정도로 고함과 신음소리를 내질렀다고 한다. 5, 6세 때부터 아버지가 처형장에 데려와 목을 자르는 장면을 목격케 해서 담력을 키우게끔 했지만 그도 인간이었기에 계속 악몽에 시달렸던 것이다.

1997년 가을에 경회루 연못 물을 밑바닥까지 훑어 낼 때 동룡(銅龍)이 나왔고 그후 IMF파동이 일어나 이것이 원인이란 소

리가 끊임없이 나오자, 1998년 2월 25일 대통령 취임식 하루 전에 새로 만든 동룡을 격식을 갖추어 연못 속에 집어넣었다는 기사와 사진이 신문에 나왔었다. 일설에 의하면 현재 청와대 건물 지붕 위에도 어처구니가 놓여 있는데 그 배열이 잘못 되어서 청와대 주인의 뒤끝이 나빴다는 소리도 들린다.

사실인지 뜬소문인지는 몰라도 만약 배열에 잘못이 있다면 지금이라도 정확히 옮기는 게 어떨까? 속설이나 신비주의에 빠져 꺼림칙해서가 아니다. 그것이 전통과 격식에 위배되는 것이라면 역시 전통에 맞게끔 바로잡아 두는 게 좋지 않을까?

미묘한 어원과 스탈린의 인기도(人氣度)

영국에선 순경을 캅(Cop)이라 부른다. 이건 구리(Copper)란 뜻에서 연유된 것으로 순경 제복에 동(銅)으로 된 단추를 달고 있었기 때문이라고 한다.

상자형 마차가 처음 등장한 건 15세기경 헝가리의 코치(Kocs)란 마을에서였다. 불어로는 코슈(Coche), 영어로는 코치(Coach)가 된다. 서부극에 나오는 역마차는 스테이지 코치(Stage-Coach)가 된다.

헝가리에선 정치가들의 진흙탕 싸움을 '인분'과 선풍기의 맞부딪치기라 부른다. 인분이 휘날리는 광경은 상상만 해도 끔

20

찍하다.

유럽 속담에선 '대통령 선거건 총선이건 간에 국민이 선택할 수 있는 건 양자(兩者) 중 한 사람…… 즉 질(質)이 덜 나쁜 사람을 뽑는 것'이라고들 말하고 있다. 이렇듯이 모든 말에는 서민들의 빈정거림이 가미되는 경우가 많다. 그것은 마치 하회탈 등 한국 전통 탈춤의 기원이 잘난 척하는 양반계급에 대한 서민의 빈정거림의 발로이듯이 동서양이 다를 바 없다. 공천 등 이해타산에 따라 철새같이 떠돌아다니는 정치가들이 자신의 처신을 어떻게 미화하고 애국애족에 어떤 이바지를 하고 있는지 가장을 하며 부심하고 있는 모습을 선거철만 되면 볼 수 있지 않은가?

1956년 2월 소련서 N. S. 후루시초프 서기장이 스탈린을 비판하고, 이어 스탈린의 개인숭배조장까지 지탄을 받게 되자 그의 인기는 급전직하……. 도처에 서 있던 기념물의 폐기는 물론 스탈린그라드의 지명까지 볼고그라드로 바뀌었고 그 위성국이었던 체코의 수도 프라하에 있던 스탈린 동상(1955년 건립)과 그 배후에 서 있던 노동자와 군인들 조각상까지 1962년에 철거됐다. 붉은 화강암으로 된 조각군상 아래엔 '스탈린 박물관'이 있었으나 지금은 프라하 시(市) 경영의 '감자 지하저장고'로 전락해 버렸다. 또한 기념비 제작자도 자살을 해 버렸다. 독재자

는 사후에도 규탄을 받는 반면에 학자나 발명가 또는 문학, 음악, 미술 등 문화 예술가의 이름은 그 배경이 군주시절이건 독재시절이건 민주시대이건 간에 길이 남게 된다. 독재자들은 자신의 끝없는 욕구를 채우기 위해 민중을 해하고 권좌를 오래도록 유지하지만 그 자신이 죽고 나서 어떤 지탄을 받게 되는지, 역사에 어떻게 남겨지는지에 대해선 아랑곳없다. 스탈린과 히틀러가 만약 저세상(?)에서 만날 수 있다면 누가 더 많은 사람을 죽였는가 서로 가슴을 치며 자랑을 할는지 모른다.

대도시의 무차별 폭격

미키 노리헤이(三本のり平, 일본 희극배우)의 회고담.

"그날 밤 나는 출정 나가는 친구를 위한 송별회를 마치고 이제 떠나면 십중팔구 못 돌아올 친구를 위해 2차로 요시와라 (吉原 : 유곽)에 가 있었다. 돌연 공습경보 사이렌이 울려 퍼져 유곽 안은 아수라장이 되었다. 손님이건 접대부건 제멋대로 귀중품을 손에 들고 밖으로 나오며 '그건 내 지갑', '그건 내 시계' 소리를 쳤고 그렇게 현관문이 메워졌다. 고개를 쳐들어 보니 밤하늘은 B29 폭격기로 덮여 있었고 서치라이트가 사방에서 교차되어 무슨 축제 같은 장관을 이루고 있었다. 순간 소이탄이 우박 내리듯 쏟아졌고 지상에선 불기둥이 공중으로 솟아올랐다. 생각나는 대로 역전 방공호를 찾아 뛰어갔으나 이미 초만원 상태라 발길을 돌려야 했다. 시신이 타들어 가는 악취로 숨이 막혀 코를 감싸 쥐고 사체의 언덕을 몇 갠가 넘고 넘어 집에 도달해 보니 집의 형체는 오간 데 없고 '훅' 하고 숨만 내쉬어도 금세 잿가루로 날아갈 듯한 기둥만 앙상하니 서 있었다. 넋을 잃고 서 있는 동리집 영감에게 다그쳐 물어보니 '모두들 메이지좌(明治座 : 극장)로 피난 갔으니 그리 가 보라고 하는 것'이었다. 그 길로 폐허와 시신을 밟고 넘어지고 고꾸라지며 극장에 다다르니 극장도 폭삭 타 없어지고 철문 주위에 얽히고 설킨 시체들만 싸여 있었다. 모조리 타 죽은 시체여서 식별할 수 없어 정신없이 공원으로 가 돌아다니다 분수대 모퉁이에 웅크리고 앉아 있는 부모님을 발견하고 왈칵 눈물이 쏟아져 나왔다. 부모님은 '일단 극장에 가 보았으나 이미 입구까지 사람들로 메워져 있어서 할 수 없이 공원으로 온 것이 오히려 살게 되었다는 것'이었다."

무차별 폭격 그것도 소이탄의 경우, 대형건물은 피신처로 도움이 되지 않았던 것이다. 대체로 사람들은 일본에 투하된 원자폭탄의 위력과 피해 상황만 기억하고 있으나 지금도 나이 든 일본인들은 1945년 3월 10일의 동경 대공습을 회상하며 몸서리를 친다. 원폭 투하 이전에 미국의 일본 대도시 폭격으로 일본의 중추신경은 완전히 마비되었던 것이다.

2차대전 발발 직후 루스벨트 대통령은 소련군의 핀란드 무차별 폭격에 대해 "우리 정부와 국민은 비무장 시민에 대한 무차별 폭격 같은 비열한 행위를 규탄한다."라고 했고 헐(C. Hull) 미국 국무장관도 일본군의 중국 각 도시의 소이탄 폭격을 극렬하게 비난했었다. 그러나 정치가나 군 고위관료의 대외용 발표와는 달리 아놀드 미국 공군사령관은 커티스 E. 르메이 소장을 시켜 기존의 사이판 기치에서의 일본 군수산업의 폭격과는 별도로 중국 성도(成都)에 대대적인 공군기지를 건설, 하늘의 요새 B29전폭기 334대를 일거에 출격시켜 동경 시내를 잿더미로 만들어 버렸던 것이다. 이때의 B29 탑승원의 기록을 보면 "한마디로 동경 전체는 거대한 불덩어리였으며 이 불덩이는 60킬로미터 밖에서도 보였고 뒤늦게 도착한 B29에서 폭탄투하 창문을 열자마자 일순간 목조건물이 타는 냄새가 기내에 밀려 들어왔으며 이 화재는 극심한 난기류(難氣流)를 일으켜 몇 대의 B29는 순식간에 몇백 미터나 공중으로 떠 올라갔었다."라고 말하고 있다. 1945년 3월 9일부터 10일 사이(미국 측 시간, 일본은 10일)의 대공습에서 동경은 26만 7천 호의 집이 완전 소실되었고 이재민은 백만 명에다 사망자 수는 8만 명이 넘었다.

이 동경 폭격에 이어 3월 12일 나고야(名古屋), 오오사카(大阪), 고베(神戸) 등 대도시를 맹폭한 B29는 소이탄을 물경 9,365톤을 쏟아 부었고 10일 동안 도합 58만 호 소실에 이재민은 2백만 명, 사상자는 20만 명이 넘었으나 B29의 손실은 단 22대에 불과했다.

1945년 8월 6일 히로시마(廣島) 원자폭탄 투하 때 사망자 수는 14만 명(피폭자 32만 명)이었고, 8월 9일 나가사키(長崎) 원폭 투하 때 사망자 수는 7만 명(피폭자 27만 명)에 이르렀다. 이렇게 볼 때에 3월 10일 밤 동경 무차별 폭격 때의 8만 명 사망(대부분 민간인)은 나가사키 때보다 더욱 참혹하다. 따라서 일본인들이 '동경 공습 그때' 또는 '그날 밤'이라고 몸서리치는 경험담을 말하는 것은 3월 10일 대공습을 말하는 것이다. 그 당시출격하는 B29 탑승원들에게 르메이 소장은 "제군들은 제군들이 투하하는 폭탄으로 집집마다 지붕이 내려앉으며 불덩이가 된 어린이들이 울부짖는 모습을 머리에 떠올릴지 모르나 제군들이 하는 일이야말로 국가가 제군들에게 희망하는 임무를 수행하는 것이라는 것만 생각하라."라고 강력한 훈시를 했다. 이런 훈시는 마치 명치유신 때 일본 도처에서 일어난 수많은 암살사건 당시 암살을 지시하는 리더가 하수인에게 "자네가 암살하고자 하는 인사가 설혹 존경할 만한 인물이라 할지라도 그가 여인과 헐떡이며 관계를 맺는 광경만 연상하며 죽여라. 이건 곧 천황을 위한 일이다."라고 하는 무자비한 말과 일맥상통한다. 뿐만 아니라 르메이 소장은 "나는 일반 민간인을 죽인 것이 결코 아니다. 도시의 가옥은 모조리 군수 공장이었고 스즈키 집에서 군용 볼트를 만드는가 하면 옆집 곤도 집에선 군용 너트를 만들었다. 또 일본에선 어린이나 여성들도 모조리 군수산업에 종사하는 실정이니 이걸 공격하지 않을 수 있겠는가? 전쟁이란 그 자체가 원래 잔학한 것이다."라고 강변했었다. 하긴 개전 직전에 뉴욕 해군공작창장 스타링그 소장이 말했듯이 "미·일간 전쟁이 일어나면 일본의 대도시와 산업 중심지는 폭격의 중심지가 될 것이며 또 일본의 주택은 성냥갑 같아서 금세 초토화될 것이다. 또 일본을 굴복시키는 데 이것이 최적의 전법이 될 것"이란 말이 실행에 옮겨진 것일 수도 있다. 르메이는 1951년 미국 역사상 최연소(44세) 대장으로 승진했고, 1961년에 공군참모총장을 지냈으며 1965년에 퇴역을 했다.

그럼, 르메이는 일본인들에게 '잊을 수 없는 철천지원수'가 되었을까? 허나 그렇지 않았다. 그는 1964년 12월에 일본정부로부터 훈1등대훈장(勳一等旭日 大綬章)을 받았다. 물론 일본폭격 때문에 받은 것은 아니고 일본자위대 건설에 비상한 공로를 세웠다는 점이 인정되었기 때문이다.

아래야(我來也)

중국 남송(南宋) 때(1127~1179) 임안(臨安, 지금의 항저우杭州)에 괴도(怪盜)가 출몰해서 민심이 흉흉했다. 살인, 강간, 방화 등 폭력을 휘둘러서가 아니라 부잣집만 골라 들어가되 패물과 금품을 털고 나서 그 집 대문이나 흰 벽에다 '我來也(내가 왔었노라.)'라고 큼직하게 흰 글씨를 써 놓고 유유히 사라졌기 때문이다.

그래서 도둑의 호칭이 '아래야'가 됐고 관가에선 온 수사력을 '아래야 체포 작전'에 기울이게 됐다. 그러다 어느 날 어수룩한 도둑 한 명이 잡혀 왔고 그를 잡은 포졸은 "이자야말로 아래야가 틀림없다."고 사또에게 보고를 했으나 도둑은 자신은 전혀 무관하다고 잡아떼는 것이었다. 임안의 사또는 현명한 사람이었고 그 도둑이 아래야란 증거가 없을 뿐 아니라, 그가 숨겨 놓은 장물이 발견되지 않아 석방해 버릴까 했으나 포졸의 주장이 또한 강경해서 그저 미결수로 옥 속에 가둬 두고 있었다. 일주일가량 지난 후 그 미결수는 마음씨가 좋아 보이는 간수 한 사람을 붙들고 자기 넋두리를 털어놓는 것이었다. "내가 터무니없는 누명인 아래야로 몰려 곧 죽음을 당할 것이 분명하니 그전에 먹고 싶은 거라도 실컷 먹게 해 주시오. 그럼 인사치레로 백금(白金)을 조금 드리리다. 어느 절간에 있는 석탑 몇 단계 사이에 틈이 있고 그 속에 백금을 조금 숨겨 놓았으니 내일쯤 절에서 야간 불공을 드릴 때에 불공드리는 척하다가 슬며시 빼내다 팔아 쓰십시오." 하는 것이었다.

그래서 간수는 긴가민가하다 그날 밤 절간에 가서 탑 속에 있는 것을 꺼내 들고 정신없이 집으로 달려와 풀어 보니 백금이 무더기로 나와 꿈인가 생시인가하며 기뻐했다. 물론 금세 팔아 치워 빚도 갚고 긴하게 쓰고 나서 미결수가 먹고 싶어하는 음식물을 장만해 가져다주었다. 그러자 또 일주일쯤 지나서 미결수는 그 간수더러 "어느 곳 어느 개천가 다리 밑에 가면 금항아리를 묻어 두었으니 간수님 부인을 시켜 빨래를 하는 척하다 꺼내서 빨래 광주리 속에 담아 오도록 하십시오."라고 일러 주는 것이었다.

　그래서 간수는 아내를 시켜 금괴가 가득 찬 항아리를 캐 갖고 와 금세 치부를 했다. 그리고 또 얼마를 지낸 후 미결수는 간수에게 "날 하룻밤만 밖에 나갔다 오게 해 주십시오."라고 부탁하는 것이었다. 물론 간수는 일언지하에 거절을 했다. 그러자 미결수는 "그럼 내가 재판받을 때 무슨 소릴 해도 당신은 후회하지 않겠소?"라고 협박을 하는 것이었다. 망연자실한 간수는 동이 트기 전에 반드시 돌아올 것을 신신당부하고 밤중에 미결수를 꺼내 주었다. 그러자 미결수는 어둠 속에 사라졌다가 약속대로 동이 트기 전에 돌아왔고 옥 속에 들어가 목에 칼을 쓰고 얌전한 죄수 행세를 하는 것이었다. 그 밤이 새자 임안 시내는 발칵 뒤집혔다. 어느 거부의 집에 도둑이 들어 금은보화를 싹쓸이 해 도망쳤고 그 집 벽에다 '아래야'라고 대서특필한 게 남아 있었던 것이다. 이 보고를 받은 사또는 한숨을 크게 들이쉬고 "내가 좀도둑을 아래야로 잘못 보았었군. 그놈은 필경 좀도둑에 불과하니 매를 몇 대 때려서 풀어주라."고 지시를 했다.

　미결수는 등허리에 매 몇 대를 맞고 의기양양해서 활갯짓을 하며 관가에서 풀려나 군중 속에 자취를 감추고 말았다. 말할 것도 없이 미결수가 옥중에 있는 동안에도 '아래야'가 도둑질을 하고 다녔으니 그 미결수는 좀도둑이 틀림없다고 결론을

내렸던 것이다. 아래야의 알리바이를 관 자체가 제공해 준 결과가 됐던 것이다. 이 얘기는 송대(宋代) 심숙(深俶)이란 이가 지은 『해사(諧史)』에 나오는 얘기로 어떤 실제 모델을 보고 쓴 것인지는 지금에 와서 알 길이 없다. 그러나 일본 막부시대에 전통악극 가부키(歌舞伎)에서 '兒來也'란 도둑이 주인공으로 등장해서 인기를 끌었고 그후에도 〈아뢰야(兒雷也) 호걸기담〉, 〈쾌걸 兒雷也〉 등등의 도둑 괴수 얘기로 악극으로 공연되어 계속 히트를 했다. 중국의 '我來也'에서 '자뢰야(自雷也)'로 다시 '兒來也'로 한문 글씨는 바뀌었으나 일본식 발음은 '지라이야'로 변함이 없다. 뿐만 아니라 도둑의 이름과 장소만 달리 일본 내에 있었던 도둑 얘기로 수많은 시대 단편소설로 쓰였다. 외국의 스토리를 약간씩 윤색을 해서 자기 고장의 소설로 쓰건 시나리오로 쓰건 히트하는 요소는 뭔가 일맥상통하는 바가 있는 것 같다.

『삼국지』의 원조와 원작은 중국이지만 일본에서건 한국에서건 작자가 수없이 바뀌면서도 한 세기가 넘도록 어디에서나 히트를 하고 있지 않은가? 앞으로도 오래도록 히트를 칠 것이 분명하다. 우리나라엔 유일하게 『춘향전(春香傳)』이 있는데 여기에다 기대를 걸어 볼 만하다.

희성(稀姓) 기담(奇談)

한국인의 성씨는 대략 255개로, 희귀 성씨를 찾아보면 강(强)씨, 뇌(雷)씨, 매(梅)씨, 엽(葉)씨, 수(水)씨, 응(應)씨, 초(肖)씨, 포(鮑)씨, 서문(西門)씨 등 외국인의 성씨에 비하면 그리 많은 편이 아니다. 임진왜란 때 일본군으로 한국에 와 귀화한 이들뿐 아니라, 몽고족과 중국계의 침략과 영향을 오래 받아 오는 동안 황실과의 강제결혼을 위시해서 수많은 이민족이 한국에 정착함으로써 희귀한 성씨가 생겨났고 원래의 한국인 성씨는 그리 많지 않다. 김씨만 하더라도 안동 김씨, 경주 김씨, 신라 김씨 등으로 세분화되어 대대로 내려오면서 족보(族譜)에 의해

그 뿌리가 분명한 편이다. 예를 들어 ○○왕의 여섯째 아들은 구세손(九世孫), 아무개 씨의 몇째 아들, 아무개의 장남 등등으로 기재되어 있는데, 대개 무심한 이들은 본인의 조상이라면 할아버지 성함 정도까지만 기억하고 있다가 막상 자기 아이들 이름을 지어 주게 될 때엔 돌림(行列字配定)을 따져 보게 된다. 족보가 없는 집에선 종친회(宗親會)에 알아보기도 한다. 그러나 일본의 경우는 우리와 근본적으로 다르다. 애당초 일본에선 덴치덴노(天智天王) 9년(서기 670)에 경오년적(庚午年籍)을 전국적으로 제작했는데 이것이 호적이 되고 몇백 년 후에 일본인들 성씨의 근본 대장(臺帳)이 된다. 일본이 막부시대의 막을 내리고 명치천황 시대로 접어들어 온갖 외국의 새로운 제도가 제정 실시되는 중에 명치 3년(1869) 9월 19일에 '평민 모두가 성씨를 갖도록 하라.'라는 포고령 22호가 내려졌다. 그때까지 일본인으로 성씨를 지닌 자들은 황실과 사족, 일부 거상(巨商), 또 그들과 혼인 관계를 맺은 이들이었고, 일본 평민은 성씨가 없이 어느 고을에 사는 개똥이 정도로 불려져 왔던 것이다. 이 포고령이 실시가 잘 안 되자 명치 8년 2월 13일자로 다시 '조상 대대로 전수되는 성씨가 불분명한 자와 성씨가 없는 자들은 새로이 성씨를 만들어 호적에 기재할 것이고 만약에 어기면 벌을 받을 것'이란 추가포고가 내려졌다. 시골의 한 마을이라 할지라도 금세 몇천 명의 인구가 되는 고로 일은 간단치 않았다. 성은 고사하고 이름도 개똥이, 쇠똥이로 부르다가 정식으로 한자로 이름을 지어야 하니 소동이 일어나지 않을 수가 없었다. 이걸 평민묘자허가령(平民苗字許可令)이라 부르는데 얼핏 보면 사농공상(士農工商)을 타파하고 사민(四民)을 평등케 한다는 걸 내세운 것 같으나 실은 세금의 합리적인 징수와 징병제도의 확립을 위한 것임은 말할 나위도 없다. 이때 일본의 평민 수효는 3천1백만 명으로 인구의 93퍼센트요 호적 수효는 722만 호에 이른다. 이들은 대개가 한자를 모르는 이들이어서 마을마다 촌장댁이나 서당 선생에게 몰려가 벼락치기로 이름을 지어 달라는 아우성이 일어났다. 그래서 웃지 못할 희비극이 도처에서 일어났다. 얼굴이 푸르러 보이니깐 아노노(靑野), 술주정뱅이니깐 사카마키(酒券)요, 산 위에 집이 있으면 야야우에(山上)가 되기도 했다. 물론 마을 사람들에게 무난한 이름을 지어 준 주지스님도 있었다. 멀리 앞산을 바라보면서 산을 끼고 사는 사람들에겐 오오야마(大山), 나카야마(中山), 마루야마(丸山), 야마니시(山西), 야나미(山南)로 '산'자를 붙여 수십 개를 지어 주는가 하면, 개울가에 사는 이들에겐 가와베(川邊), 오가와(小川), 오오가와(大川)로, 밭 가운데 사는 이들에겐 오오다(大田), 오다(小田), 하라다(原田) 등등으로 붙여 주기도 했는데 너무 힘들어서 술을 마셔 가며 성을 붙여 주

다가 어떤 이를 보고는 "자넨 여인을 좋아하니깐 메라(女良)로 하지그래."라고 장난끼로 붙여 주기도 했다. 이런 식으로 성을 만들다 보니 어느 곳에선 어촌에 사는 어민들에게 다이(鯛 : 도미), 다꼬(蛸 : 문어), 사바(鯖 : 고등어), 가쓰오(鰹 : 다랑어) 자를 붙여 주었고 주로 야채를 부쳐 먹던 농민에게는 다이꽁(大根 : 무)이라 하여 졸속으로 붙여 주기조차 했다. 그러나 이런 것이 해가 지날수록 가지가지 후유증을 낳게 했다. 다꼬란 성을 가진 이는 대학까지 나와 교직원이 되었는데 교단에 설 때마다 학생들이 '다꼬 다꼬.'라며 웃어 대는 바람에 교직원을 사직하고 직장을 전전하다가 막노동꾼으로 전락했는가 하면, 다이꽁이란 성을 가진 이는 군대에 입대했다가 '야! 촌뜨기 다이꽁아!'라고 부르는 동료를 칼로 찔러 죽이고 감옥에 가기까지 했다. 그래서 성을 바꿀 수 있게 해 달라는 탄원서를 바치는 이들이 끝이 없었다. 지금도 일본인들의 명함을 받아 보면 깜짝 놀라게 하는 희성들이 많다. 또 같은 한자라도 어감이 나쁘다 해서 다르게 부르는 경우도 허다하다. 명함을 보고 뭐라고 불러야 하나?라고 망설여지는 건 일본인끼리도 마찬가지다. 혹시 일본 콤플렉스가 있는 사람들은 이러한 사실을 음미해 보고 우리가 월등한 양반민족이었구나라는 자부심을 가져도 될 만하다. 다만 일본은 우리보다 빨리 해외에 유학생을 보내는 등 개화를 함으로써 우리나라가 그들의 식민통치하에 들어갔다는 점은 재검토, 재음미해 봐야 할 것이다. 더불어 군중심리에 쉽사리 휩싸이지 않는 냉철하고도 거시적인 안목 또한 그들이 우리보다 앞서 있었다는 점은 부인할 수가 없다.

바가[馬鹿]

한국인이 일본을 자유로이 여행하게 된 지 얼마되지 않았을 때의 일이다. 한국인 운동선수가 일본 백화점에 들어가 쇼핑을 하다가 뭔가 못마땅한 일이 생겨서 여점원에게 그만 "바가!"라고 큰소릴 냈었다. 그러자 남녀 점원들이 일제히 일어나 몰려드는 바람에 기겁을 한 운동선수는 마치 소매치기라도 하다 들킨 듯 뒤도 돌아보지 않고 달음박질로 도망쳤다고 한다.

'바가'는 한문으론 '마녹(馬鹿)'이 되며 어의(語意)대로 하면 '바보'나 '멍청이' 정도에 해당된다. 그러나 상대방과 소리의 악센트에 따라 뜻이 상당히 달라진다. 남편이 아내에게 작은 소리로 '바가.' 하면 가볍게 '이 바보야.' 하는 뜻이 되고, '바가나.' 라고 '나' 발음이 붙으면 특정인을 향한 것이 아니라 어떤 상황에 대한 말, 즉 '어이없군.' 이 되는 고로 욕이 되질 않는다. 또 여성이 애인에게 부드럽게 '바가네에…….' 라고 길게 뽑으면 '바보스럽군요.' 정도의 애칭이 되기도 한다. 또 '나사나 못이 바가가 됐다.' 고 하면 나사가 헐거워졌다는 뜻이 된다.

그러나 남을 향해 큰소리로 '빠가!' 나 '빠가다레' 또는 '바가야로!' (야로는 자식 또는 놈이란 뜻)라고 소리치면 최상급(?)의 욕설이 된다. 상관이 실수를 한 부하에게 혹은 극히 친한 친구끼리나 쓰는 어휘인데 '야로!' 까지 붙이면 친구지간에도 의가 상하게 된다. 우리나라에서는 '개새끼!' 나 '개자식!' 에 가까운 욕설로 돌변한다. '개' 자가 붙는 말엔 '개살구' 와 '개소주' 를 빼고는 거의 좋은 뜻이 별로 없지만 '바가' 는 그 한자대로의 해석, 즉 '말' 과 '사슴' 이란 뜻이 되는 건 아니다.

필자가 몇 해 전 일본 북해도의 '아이누촌' 을 관광갔을 때의 일이다. 아이누의 할머니 한 분이 눈시울이 벌게서 날 보고는 "아까 어떤 젊은이가 내게 '바가' 라고 했는데 댁도 그렇게 생각하시나요?" 하는 것이었다. 치밀어 오르는 분노를 삭이느

라 아마도 날 일본인으로 보고 위로의 말을 듣고자 물은 것인데 얼른 말을 이을 수가 없었다.

　역경 속에서 고생하는 이를 보고 왜 바보같이 현실 타파를 하지 않느냐는 뜻이 될 수도 있으나 이 경우는 전혀 다르다. 아이누족은 고래로부터 북해도에 정착해 살고 있던 소수민족이고 도쿠가와 이에야스(德川幕府) 때 일본에게 정복당해 오랫동안 압박받고 살아온 멸종돼 가던 민족인 것이다. 그 수효가 너무나 적어서 독립은 못 했지만 이때의 '바가'는 마치 우세한 위치에 있는 일본인이 한국인을 '조센징'이라고 깔보고 부르는 뜻과 통한다. '바가'란 말은 상대방과 상황에 따라 애칭도 되고 비수같이 남의 마음을 찌르는 소리도 되는 고로 되도록 쓰지 않는 게 좋다.

　'마녹(馬鹿)'의 어원은 중국의 고사에서 비롯된다. 기원전 200년경의 사람으로 조고(趙高)란 자가 진(秦)나라 환관으로 옥새를 관리하고 있었다. 진시황(秦始皇)은 B.C. 210년에 제후들의 나라를 순방하다 사구(沙丘)에서 병을 얻어 죽게 되자 대동했던 재상인 이사(李斯)와 조고와 막내아들 조해(胡亥)에게 "자신의 장례는 큰아들 부소(扶蘇)에게 맡기노라."란 유서를 써서 남겼다. 이 뜻은 바로 자신의 후계자로 부소를 지목한다는 뜻이 된다. 유서는 옥새와 함께 가장 신임이 두터웠던 조고에게 넘겨졌는데 조고는 이사와 짜고 유서의 내용을 고쳐 부소를 자살케 하고 조해를 2세 황제에 즉위케 했다. 조해가 부소보다 다루기 쉽고 이용가치가 많았기 때문이다. 조해가 자리를 굳히자 이번엔 라이벌 격인 이사를 모함해서 죽여 버리고 권력을 마음대로 휘둘렀다. 다시금 조고는 대신(大臣)들의 충성심을 시험해 보고자 하루는 사슴 한 마리를 끌고 와 왕에게 "이것은 말이옵니다."라고 아뢰었고, 왕은 "사슴을 가지고 말이라고 하다니……(指鹿爲馬)." 하며 껄걸 웃어 댔다. 그러자 조고는 "여기에 있는 문무백관(文武百官)에게 물어보시지요."라고 능청을 떨었다. 고관들은 조고의 권력을 두려워해서 대부분이 "틀림없이 말이옵니다."라고 대답했고 불과 소수의 신하들이 고개를 떨구고 부인을 했다. 조고는 이때에 부인한 신하들을 기억해 두었다가 이들을 모조리 죽여 버리고 더한층 기승을 부리고 권세를 휘둘러 댔다. "사슴을 가리켜 말이라 한다."는 천치 같은 소릴 뜻해서 바가[馬鹿]란 소리로 단축된 것이다.

이렇듯 간악하고 포악한 전횡이 극에 달한 조고도 진시황의 손자가 되는 자영(子嬰)에 의하여 주살당한다. 만리장성을 만든 진시황도 조고 같은 간신(姦臣)을 중용했기에 그 기틀이 허약해서 유방(劉邦)에 의해 3대로 멸망해 버렸다.

"호랑이는 죽어서 가죽을 남기고 인물은 죽어서 이름을 남긴다."란 말이 있거니와 간신은 죽어서 '욕설'을 남기는 것일까?

사자궁(思子宮)

중국의 태양왕으로 불리는 한(漢)나라 무제(武帝)는 만년에 들어서서 자신의 판단 착오로 황태자를 죽음에 몰아넣었다는 걸 알고 비탄에 넋을 잃고 있다가 아들을 생각한다는 사자궁을 호현(湖縣)에 세웠다. 아들이 아버지나 조상을 흠모해서 절이나 궁을 세운 예는 수없이 많아도 왕이 아들을 생각해서 궁을 세운 예는 역사상 극히 드물다.

무제는 황태자 유처(劉處)에 대해 불만이 많았다. 무제는 당시까지 한을 위협하고 있던 흉노(匈奴) 토벌을 비롯해 수많은 원정으로 나라를 굳건히 다져 놓았지만 황태자는 인민이 세금에 시달리고 빈부의 격차가 벌어져 사회불안이 조성되고 있음을 부왕에게 알리고 번번이 원정을 말리고 간언을 해 왔다. "나는 고생해서 네게 안일함을 남겨 주었는데 그것이 그토록 싫은 거냐?" 하며 자신의 성격과 너무나 다른 아들의 인자한 성품을 싫어했던 것이다. 그러던 차에 사건이 터졌다.

강충(江充)이란 자가 별궁(別宮)의 관리책임자인 수형도위(水衡都尉)에 취임했는데 이자는 남달리 권세욕과 야심을 지닌 자였다. 본궁(本宮)에서 별궁으로 통하는 마찻길은 치도(馳道)라 해서 황제만 달릴 수 있었는데 강충은 황태자의 사자(使者)가 이곳을 마차로 달려가는 걸 적발했다. 별궁으로 가는 길은 그 길이 가장 가까워 황실 관계자는 늘 이 길을 이용해 왔고 지금까지의 수형도위는 이를 못 본 체 묵인해 온 것이 상례였다. 그래도 적발한 이상 황태자는 자신의 잘못이니 잘 봐 달라고 간곡히 부탁했으나 강충은 자신의 공로를 내세우기 위해 이를 묵살했다. 다행히도 황태자는 가벼운 처벌로 일단 일은 마무리되었다. 그러나 강충이 가만히 생각해 보니 황태자에게 미움을 받게 되면 나중에 화를 당하게 될 것으로 지레짐작 그 대책을 세우기로 했다. 즉 무제는 이미 70을 바라보는 나이인 고로 언제 죽을지 모르고 황태자가 즉위하게 되면 자신은 죽음을 면치 못하게 될 것인즉 무제의 생존 중에 황태자를 아예 제거해 버리기 위해 공작을 하게 되었다. 그 방법으로 무꾸[巫蠱]를 이용키로 했다.

무꾸란 인형을 땅 속에 묻고 남을 저주해서 죽게 만드는 무속의 일종으로, 이것을 하다 적발되는 날이면 반역죄에 버금가는 대죄(大罪)로 처형을 당해야 했다. 강충은 흉노 출신의 단하(檀何)란 무당으로 하여금 "궁중에 꾸의 기운이 떠돌고 있습니다."라고 상소를 했다. 궁중에 대수색작전이 벌어졌고 여러 군데서 수많은 저주의 인형이 발굴되었다.

이 사건으로 수만 명의 사람들이 고문과 처형을 당했고 이걸 가리켜 '무꾸의 난'이라 부른다. 인자하기로 이름을 떨치던 황태자도 급기야 결심을 하고 무제가 휴식차 감천궁(甘泉宮)에 가 있는 동안 강충을 잡아 참수해 죽이고 단하를 상림원(上林苑)에서 화형에 처해 버렸다. 감천궁에서 장안(長安)에 벌어진 사건을 보고받은 무제는 즉시로 진압군을 동원해 처절한 시가전이 벌어졌으니 이러한 내란은 한 왕조 창시 이래 처음 있는 대사건이었다. 여기서 다시 수만 명의 사망자가 발생했다. 급기야 황태자는 성동(城東)으로 도망쳐서 호현의 천구리(泉鳩里)에 숨어 있었으나 결국 발견되어 집이 포위되자 스스로 목을 매 자살을 해 버렸다. 황태자비도 죽음을 당했다. 황태자는 이미 40이 가까이 된 나이로 두 아들이 있었고 모두 죽음을 당했다. 이때 황태자에게는 이미 손자가 하나 있었고 난리 직전에 태어났

다. 이 어린 핏덩이만은 죽음을 면해 옥중에 들여보내져 여자 죄수의 젖을 먹고 자라났다. 이 무꾸의 난이 일어난 것은 무제의 정화(征和) 2년(기원전 91) 때였다.

태어나자마자 옥중에서 자라난 아기는 18년 후에 한나라의 왕위에 올랐으니 그가 곧 선제(宣帝)가 된다. 옥중에서 자라났으니 건강할 리가 없다. 하도 병이 잦아 아기 때의 이름을 병사(病巳)라 했다. 병이 빨리 나으라고 이런 이름을 붙인 것 같다.

'무꾸의 난'이 끝난 이듬해에야 이 사건의 전모가 강충이란 자의 흉계에서 비롯됐다는 것을 알게 된 무제는 그 즉시 강충의 일가친척과 그 도당을 모조리 주살시켜 버렸고 비탄에 빠져 있었으나 이미 죽은 황태자가 살아날 리는 없었다. 아들을 생각하는 일념에서 무제는 호현 땅에 사자궁을 세우게 되었고 그로부터 4년 후에 세상을 떠났다.

실로 소인의 아주 얕은 꾀로 시작해서 수만 명이 목숨을 잃는 대사건으로 번진 어이없는 난리였다. 현대에도 소인의 얕은 꾀와 권력가의 판단 착오로 수백만 명 아니 수천만 명이 고생하는 일은 의외로 많다.

기묘한 동명(洞名) 짓기 I

　서울의 명칭이 '경(京)'에서 '한성(漢城)'으로 다시 '경성(京城)'에서 '서울'로 바뀌었듯이 서울시내의 동명도 몇 번인가 바뀌었고 그 유래도 알려진 게 있지만 전혀 뜻밖의 것도 있어 재미있다. 알려진 것으론 '세검정(洗劍亭)'은 신라시대 화랑들이 칼을 닦았다고 하기도 하고 인조반정(仁祖反正) 때 반정 모의 인사들이 이곳에서 광해군의 폐위를 논의하고 칼을 갈고 거사를 다짐했다고 한다. 또 '묘동'은 조선조 역대 왕과 그 신위(神位)를 봉안하고 제사 드리는 종묘(宗廟)에서 유래했다는 점과 '명륜동'은 성균관 학생들이 배우는 명륜당(明倫堂)에서 연유한다는 것도 잘 알려진 동명인 것이다. 그러나 전혀 알려지지 않은 동명도 많다.

'평창동'은 대동미와 포전(布錢)의 출납을 맡았던 관청의 창고 중 대동미를 보관하던 곳간을 평창(平倉)이라 불렀는데 그 창고가 두 개나 있던 곳이기에 이름이 붙여졌다.

'부암동'은 이곳에 '부침바위[付岩]'란 바위가 있어서 여기에다 자기 나이대로 문질러서 돌을 붙이면 아들을 낳는다는 전설 때문에 붙여진 이름이다.

'효자동'은 우스갯소리로 "그곳엔 효자만 사나?"라고들 하지만 실제로 효자들이 살았었다. 선조조 때 학자 조원(趙瑗)의 아들 희정(希正)과 희철(希哲) 형제가 효자로 이름이 나서 나라에서 이를 기리기 위해 정문(旌門)을 내렸고 효곡(孝谷)이라 불리다가 효자동이라 부르게 됐다.

'관훈동'은 조선조 때의 관청인 관인방(寬仁坊)과 공신들의 포상과 공적을 관장하던 충훈부(忠勳府)가 있었기에 한 글자씩 따서 만든 명칭이 된다.

'팔판동'은 이곳에 여덟 명의 판서(判書, 長官)가 살았다고 해서 유래된다.

'재동'은 '잿골'이 바뀐 것인데 단종 1년(1453)에 세조인 수양대군이 한명회 등과 함께 왕위를 찬탈코자 단종이 그 누이 혜

경공주(慶傲公主)의 집에 행차한 틈을 이용해 이곳에 무사들을 매복시키고 있다가 단종을 보필하던 황보인(皇甫仁) 등 여러 명의 대신들을 살해했고 이들이 흘린 피가 내를 이루고 피비린내가 나기에 마을 사람들이 부엌에 있던 재(災)를 들고 나와 길을 덮었다. 그래서 '잿골[災洞]'이라 부르던 것이 '재동'이 되었다.

'사간동'은 사간원(司諫院)이란 관청이 있었던 데서 유래된다. 사간원은 왕에 대한 정무에 대하여 의견을 간하는 일을 맡았던 관청이다.

서대문구에 있는 '가좌동'의 명칭 또한 기묘하다. 이곳엔 맑은 시냇물이 흐르고 있었고 가재가 하도 많이 잡히기에 '가재울'이라 불리던 것이 그 발음이 변해서 '가좌동'이 된 것이다.

'냉청동'은 무악산 지맥으로 약수가 많이 나왔으며 '찬 우물골'이라 불리기도 했다. 특히 '쌍우물'이란 곳에서 과거를 보러 가는 선비가 이 물을 마시고 가면 급제한다는 속설까지 있었다.

'아현동'은 '대현'이란 큰 고개와 만리동 고개 사이에 작은 고개가 있어서 '아이고개[兒峴]'라 했는데 아(兒) 자가 아(阿) 자로 변한 것이라 한다. '아이고개'란 아이의 시체가 넘는 고개를 뜻한 것인데 한편 다른 해석도 있다. 즉 신촌로터리에서 큰 고개를 넘으면 또 고개가 나오는데 돌이 워낙 많아 넘어가기가 너

재동   가재울   성.

무나 힘들어서 "아이고 아이고." 소리를 내며 넘었다고 해서 '아이고개'라 하던 것이 '애오개'가 되었다가 '아현'이 된 것이라고도 한다.

'합동'은 마포강으로부터 어물이 집결되는데 조개와 건어가 항상 대량 공급되므로 '조갯골'이라 부르던 것을 한자로 표시해서 '합동(蛤洞)'이 되었다고 한다.

'의주로'는 1914년 일제시대 때 붙여진 이름으로 의주(義州, 신의주)로 가는 길목이란 뜻이 되는데 아직까지 타성(?)으로 사용되고 있는 듯하다. 의주로 2가 헌 다리 앞엔 '참(斬)터'가 있고 동쪽에 있는 우물의 뚜껑은 항상 덮여 있었는데 망나니가 사람을 죽일 때 뚜껑을 열고 칼을 씻었다 해서 이곳을 '뚜께 우물골'이라 불렀었다.

'소공동'은 태종의 둘째딸인 경정공주(慶貞公主)의 궁이 있어서 작은 공주골이라 하던 것을 한자로 소공주동(小公主洞)이라 부르다가 줄여서 소공동이 된 것이다.

'태평로'는 조선시대 때 서소문동에 있던 중국 사신을 접대하는 태평관(太平館)의 이름을 따온 것이다.

기묘한 동명 짓기 2

중구 '다동'은 조선시대 다도(茶道)를 주관하던 사옹원(司饔院) 소속 다방(茶房)이 있어서 다방골이라 부르던 것이 '다동'이 되었다.

'명동'은 조선시대 때 남부 명례방(明禮坊) 자리로 '명례방골'이라 하다가 줄임말이 된 것으로 일제시대 때엔 명치정(明治町)이라 불렸었다. 명치정을 줄여서 '명동'이 된 것이 아니라 '명례방골'에 그 어원이 있다.

'주자동'은 조선시대 때 활자를 만드는 주자소(鑄字所)가 있었기 때문에 붙여진 이름이다.

'예장동'은 조선시대 군사들이 무예를 닦는 훈련장인 '예장(藝場)'이 있었기에 붙여진 이름이 된다.

'예관동' 역시 조선시대 때 인쇄물을 맡은 교서관(校書館)이 있었고 이걸 '예관'이라 부르기도 해서 붙여진 명칭이다.

'묵정동'은 동리에 깊은 우물이 있었고 물이 늘 검게 보여서 '검정 우물' 또는 '오정동(烏井洞)'이라 부르던 것이 '묵정동'으로 변한 것이다. 또 '묵사(墨寺)'라고 하는 절이 있어서 '먹절골', '묵사동'이라고도 불렀는데 검정 우물과 '묵사'의 두 가지 뜻이 어우러진 것으로 봐야 된다.

'오장동'은 옛적에 다섯 장사가 살았다고 해서 '오장삿골'이라 부르던 것이 한자로 오장동(五壯洞)이 된 것인데 어느 시대 어떤 장사를 말하는지는 분명치 않다.

'쌍림동'은 마을 입구에 도둑을 경비하던 문(門)인 이문(里門)이 쌍으로 세워져 있다 해서 쌍이문동(雙里門洞)이라 불리다가 '쌍문리'가 되었고 이것이 '쌍림동'이 되었다.

'신당동'은 이곳에 무당들이 많아 신당(神堂)을 모시고 살았는데 신당과 발음이 같은 신당(新黨)으로 바꾸어 표기한 것이다.

'신창동'은 조선시대 호조(戶曹)의 창고인 신창(新倉)이 있어서 유래된 이름이다.

'이촌동(二寸洞)'은 원래가 이촌동(移寸洞)이던 것이 이촌(二

寸)으로 바뀐 것인데, 이곳은 한강 주변의 모래벌판으로 여름에 장마가 지면 강가에 살던 주민들이 홍수를 피하여 강기슭으로 옮겨 갔기 때문에 붙여진 이름이었다.

'도원동'은 옛적부터 이 일대에 복숭아나무가 많아 '도원(桃園)' 또는 '도산(桃山)'이라 부르던 데서 유래된다.

'갈월동'은 부근에 칡이 많았기 때문이기도 하거니와 갈월도사(葛月道士)가 살았다는 데서 유래한다고 알려져 있다.

'남영동'은 한성의 남쪽에 군영(軍營)이 있었기에 붙여진 것이다.

'주성동'은 이곳에서 쇠를 녹여 무쇠 솥을 만들었기 때문에 붙여진 것으로 영조 때엔 '주성리계(鑄城里契)'라 하다가 1936년엔 '주성정(鑄城町)'이라 불렀고 1946년에 우리말로 동명을 고칠 때 '주성동'이 되었다.

'서빙고동'은 조선시대 때 얼음을 저장해 두었던 창고가 있던 자리로 이곳의 얼음을 왕실 주방과 문무백관들에 나누어 주었었다.

'동빙고동' 역시 동쪽 얼음 창고가 있었던 자리라서 붙여진 것이다.

'이태원동'은 조선조 때에 이 마을에 배가 많았고 이곳에 '이태원(梨泰院)'이란 역원(驛院)이 있었던 데서 유래된다.

'용두동'은 이 마을을 감싸고 있는 산의 모습이 용의 머리와 같이 생겼다고 해서 붙여진 것이다.

'제기동'은 조선시대 때 농사가 풍년이 들도록 제사를 지내는 선농단(先農壇)이 있어 왕이 친히 제사를 지내던 제사 자리라 해서 '제기동'이 되었다. 조선시대 한성부 동부에 속해 있을 때는 '제기리(祭基里)'로 불렀었다.

'청량리동'은 청량사(淸凉寺)가 있었던 데서 유래된다.

'회기동'은 연산군의 생모 폐비 윤씨(尹氏)의 묘인 회묘(懷墓, 현재 서삼릉西三陵에 이장)가 있었던 데서 유래된다. 연산군 10년(1504)에 능으로 승격되어 '회능'이라 하던 것을 반정으로 연산이 유배되자 다시 묘로 돌아감으로써 회묘동으로 불렀다가 발음이 같은 회(回)로 고쳐져 회묘리(回墓里)로 불리다가 '회기리(回基里)'가 되었고 1946년에 우리말로 바꿀 때 회기동으로 고쳐졌다.

'전농동'은 조선시대 때 왕의 친경지(親耕地)인 전농(轉農, 적전籍田이라고도 함)이 있었던 데 유래된다.

'답십리동'은 조선 초 무학대사가 왕도를 정하려고 이곳을 밟았다 해서 답심리(踏尋里)라 하였다고도 하고, 동대문으로부터 십 리가 떨어져 있다 해서 붙여진 것으로도 알려져 있다. 일제시대 때엔 '답십리정(踏十里町)'이라 하다가 광복 후에 우리말로 고쳐졌다.

'성산동'은 부근의 산이 성(城)과 같이 둘러싸여 있으므로 '성메'로 불리던 것이 한자로 바뀐 것이다.

'합정동'은 한강 하류 쪽에 조개우물이 있어서 합정(蛤井)으로 간단히 쓰게끔 바뀐 것이다.

'당인동'은 임진왜란 때 명(明)나라 이여송(李如松)의 군사들이 진을 치고 있던 자리가 되는데 흔히 중국을 당(唐)나라라 불렀고 당나라 사람을 당인(唐人)이라 불렀기 때문에 유래된다. 영조 때 1751년에 한성부 서부 서강방(西江坊) 당인리계(唐人里契)에 속하였었다. 명나라에서 늦게나마 알았으면 항의라도 했을지 모르지만 명은 얼마 안 가 망하고 청(淸)이 들어섰기에 그대로 넘어간 것 같다. 요즘도 노인들은 중국요리를 '청요리'라고 부르지 않는가? 청요리라 부른다고 해서 중화민국이나 중국인민공화국에서 항의한 적은 없다.

팔자교(八字橋)의 귀신

IMF 시절에 나오는 건 한숨이요, 올라가는 건 물가요, 늘어나는 건 실직자와 악성루머였었다. '어느 업체가 곧 쓰러진다.', '어느 그룹이 부도내는 건 시간문제다.' 등등 나쁜 쪽 루머가 나돌고 주가는 폭락하고 급기야 멀쩡하던 업체가 정말로 부도를 내고 도산하는 경우도 있었다. 그래서 당국이 발설자를 찾아내 형사처벌을 하는 사례도 적지 않았다.

'아니 땐 굴뚝에 연기 나랴.'란 속담이 있듯이 나쁜 쪽 루머는 진실의 가면을 쓰고 곧잘 번져 나간다. 어느 국회의원이 에이즈로 사망했다거나 어느 가수가 에이즈에 걸려 무대에 못

나오고 있다는 등의 루머도 심심찮게 나돈다. 그러다가 출판물에 의한 명예훼손으로 재판을 받게 되고 패소를 하고 나면 비로소 루머는 슬그머니 꼬리를 감추고 만다. 유명인사들이 때때로 루머에 휩쓸리게 되는 건 선망의 대상이 때때로 질시의 대상으로 바뀌기 쉽기 때문일 것이다. 그래서 유명인사들은 이런 걸 유명세라고 자탄하고 자위하기도 한다.

중국같이 거대한 지역과 장구한 역사를 지닌 곳에선 그 자체가 지닌 물량만큼 전설도 많고 귀신 얘기도 많다. 허나 중국의 주희(朱熹, 1130~1200년경)란 사람은 "귀신, 귀신 하지만 결국은 사람 스스로가 만들어 낸 환각일 뿐"이라고 말하고 다음 같은 사실을 기록하고 있다.

"항저우(杭州)엔 팔자교란 다리가 있었다. 예부터 이 다리엔 귀신이 나온다는 소문이 있었다. 다리의 동쪽 끝엔 심야까지 영업하는 목욕탕이 하나 있었는데 어느 비 오는 밤에 우산을 쓴 남자가 이 다리를 건너고 있었다. 주변은 칠흑같이 어둡고 빗소리만 들릴 뿐이었다. 그러자 뒤쪽에서 철벅철벅 발자국 소리가 나더니 돌연히 뭔가 우산 속으로 뛰어드는 게 있었다. 우산을 든 남자는 순간 몸이 오싹해지면서 이게 귀신이구나라고 판단, 사력을 다해 몸을 돌리면서 옆에 붙은 걸 다리 밑에 냅다 메어쳐 버리곤 뒤도 돌아보지 않고 내달려 다리를 넘어 목욕탕집에 뛰어들었다. '방금 다리에서 귀신을 만났다구요.' 라며 남자는 욕탕 속의 손님들에게 떨리는 소리로 수군거렸다. 그러자 얼마 안 돼 온몸이 흠뻑 젖은 또 다른 남자 하나가 헐레벌떡 숨을 몰아쉬며 욕탕에 들어오더니 '아이구 맙소사, 방금 다리 위에서 우산 쓴 귀신을 만나 물속에 처박혀져 죽을 뻔했다.' 라며 공포의 눈초리로 사방을 둘러보는 것이었다. 두 남자는 공포에 질린 끝에 서로를 귀신으로 착각했던 것이다."

이처럼 속단과 착각에서 루머가 생겨나기도 한다. 설혹 고의적인 악의나 질시에 의한 게 아니더라도 사람의 시각이나 사고방식은 얼마든지 착오를 일으키기 쉽다.

또 다른 비 오는 밤에 팔자교 위에 한 남자가 지나고 있었다. 그러자 뒤쪽에서 철벅철벅하고 뭔가 신발을 끌고 따라오는 게 있었다. 겁에 잔뜩 질려 뒤돌아보니 키는 두 자도 안 되는, 희끄무레하고 거대한 머리가 땡그란 것이 눈, 코, 입이 아무것도 없었다. 머리털이 빳빳해진 남자가 빠른 걸음으로 걷자 발자국도 빨라졌고 남자가 갑자기 걸음을 멈추면 발자국도 걸음을 멈췄다. 남자는 순간 요괴가 틀림없다고 판단, '걸음아 날 살려라.' 하고 젖 먹던 힘까지 다해 내달려 목욕탕까지 도달, 안면은 공포로 창백해지고 입도 굳은 채 재빨리 들어가 문을 닫으려 하자 문 틈새로 뚱그런 민짜머리 귀신이 비집고 들어오는 것이

였다. 두근거리는 가슴을 달래며 자세히 본즉 그것은 어린애였고 비를 피하려고 커다란 쟁반으로 얼굴을 가렸던 것이다. 어린이도 다리 위의 남자를 귀신이 아닌가 경계해서 일정한 거리를 두고 가까이 다가서지 않았던 것이다.

화성(畵聖)과 검성(劍聖)

중국 청조 초기 때 화가로는 팔대산인(八代山人, 1626~1705, 본명 주답朱耷)을 빼놓을 수 없다. 그는 화성으로 일컬어질 만큼 정신이 번쩍 드는 그림을 그렸으면서 기인이기도 했다. '팔대산인' 이라고 낙관을 쓰면서 소지(笑之)자 비슷하게 쓰기도 했다.

그가 그린 새들은 그 눈초리가 사납고 마치 사람들을 용서치 않고 뭔가를 공격하고자 하는 저항의 빛이 역력하다. 명나라 초대 주원장의 17대 아들의 먼 친척이 된다고도 한다. 명나라 숭정제(崇禎帝)가 자살함으로써 실질적으로 명이 망했을 때는 19세 때요, 그때 아버지도 여의었는데 23세 때 처자식까지 잃

八大山人像

자 머리를 깎고 스님이 되었다.

일설에 의하면 청나라가 들어서자마자 만주족 풍습인 변발(길게 땋아 내린 머리)을 한족에게 강요했는데 삭발을 하면 청나라에 대한 저항의 표시가 되므로 스님이 됐다고도 한다.

출가 후 임천현(臨川縣) 현령의 관사에 일년가량 묵고 있다가 돌연히 광증을 일으켜 가사를 불태우고 남창(南昌)으로 도망쳐 갔다. '돌연히 웃다가 통곡을 했는가 하면 시중을 방가난무(放歌亂舞)하였더라.'고 전기는 쓰고 있다.

자기 집 대문에다간 벙어리 아(啞) 자를 크게 써 붙이고 몇 달간 아무하고도 말을 안 했다고도 한다. 나라와 부모, 처자식을 잃은 슬픔은 그의 저항정신으로 나타났고, 이러한 저항은 필묵을 통해 나타냈다.

엄동설한 속의 매화, 바위 위에서 잠자는 고양이, 또는 꺾어진 나뭇가지에 위태롭게 새 두 마리가 앉아 있는가 하면 허공에 떠 있는 물고기 등 모두가 섬뜩하다. 섬세하고 조화되게 꼼꼼히 그리는 게 아니라 술을 퍼마시곤 단숨에 한 장을 그려 버리는 속필을 휘날린 것들이다.

지금도 남창엔 팔대산인의 기념관이 있고 그의 초탈한 조각상이 서 있는데 무엇을 근거로 제작됐는지 모르나 그의 면모는 아마도 이랬을 것 같다는 느낌이 들기도 한다. 그의 천재적

宮本像

화품은 오창석(吳昌碩)과 제백석(齊白石)으로 이어지고 있다.

이와 대조적으로 일본엔 전국시대 후기와 막부시대 초기에 걸쳐 검성(劍聖)으로 불리던 불세출의 검객 미야모토 무사시(宮本武藏, 1584~1645)가 있었다. 당시에 그는 전국을 돌며 60여 회에 걸쳐 검객들과 승부를 겨루어 그 상대를 모조리 살해하였다. 허나 그 역시 기인으로 알려져 있다. 평생 목욕을 제대로 한 적이 없어서 옷과 몸은 때투성이에 악취가 분분했다고 모든 기록에 나와 있다. 그래서 그를 수하의 무사로서 채용하는 군주들은 없었다고 한다.

또 무사들은 상투를 틀어야 되는데 어렸을 때 머리에 종기를 앓은 자국을 감추기 위해 손질을 안 함으로써 어깨 밑에까지 치렁치렁 머리털을 날리고 다니는, 광대뼈가 나온 장신의 체구였다.

이런 무사시에 대한 소설도 많고 영화화된 것이 수십 편이 되지만 모두 미남배우가 단정한 상투를 튼 모습으로 나오는데 이건 사실과 거리가 멀다. 어찌 보면 정반대의 모습이 진실성이 있다. 아무튼 이러한 무사시는 검술뿐 아니라 그림에도 능통했다.

시원하게 뻗친 나뭇가지 꼭대기에 물새 한 마리가 앉아 있는 작품은 보물로까지 지정돼 있고 특히 미국계 미술평론가들이 일본미술사를 저술할 때엔 이 작품을 빠짐없이 수록하고 있다.

머리를 산발하고 삼각형의 독수리 같은 눈초리에다 양손에 칼을 든 자화상도 정신이 번쩍 들지만, 고목 가지 위의 새는 금세 피를 토하고 날아갈 것 같고 그 고목 가지(갈대 같기도 한)는 단 한 번의 붓을 휘날려 표현돼 있다. 이 나뭇가지의 표현도 범상치 않다. 마치 칼집에서 칼을 뽑는 속도감이 느껴진다.

미술의 기본 가치성은 어디다 두어야 하는 것일까? 표현수법의 강렬한 특징에 기준을 두어야 할까? 아니면 그 정신력의 표현에 기준을 두어야 할까?

팔대산인이나 미야모토는 적어도 그 정신력의 표현이 가히 공통된 바가 있다.

가난뱅이 신(神)

수박만한 크기의 된장덩이를 태운 것을 양손에 받쳐 내밀고 "가난뱅이 신아! 빨리 나와! 네가 좋아하는 된장덩이란다.", "내 건 남의 집 것보다 열 배는 큰 된장덩이야!"라고 점포의 지배인이 외치면서 점포 내 구석구석을 뛰어다닌다. 된장덩이는 속이 빈 항아리 모양(또는 요강)으로 점포 속 구석구석에 죽치고 있던 신들이 줄줄이 나와 된장덩이 속에 들어가면 얼른 뚜껑을 닫아 봉해 버리고 거리로 뛰쳐나와 큰 개울까지 가서 물 속에 내던져 버린다. 이건 일본 오사카(大坂) 부둣가의 점포들 사이에서 예부터 내려오던 '가난뱅이 신 털어 버리기'란 기묘한 의식이었다. 근래엔 거의 없어졌지만 명치 말기 때까지 매달 월말에 성행했던 오사카의 기행(奇行)의식으로 유명하다.

가난뱅이 신은 일어로 '빈보-가미(貧乏神)'라 부른다. 우리나라에도 복(福)과 장수(長壽)에 관한 신은 수없이 많고 시골에선 부엌, 변소, 곳간 등의 터줏대감에 굿을 올리기도 하지만 일본처럼 잡신(雜神)이 많진 않다. 일본에는 '빈보-가미'란 게 집집마다 살고 있어서 이것이 집에서 떠나 버리면 부자가 된다는 미신이 남아 있었다. 그래서 오사카에선 이 신을 유인해서 물속에 던져 떠내려가게 하는 기이한 의식이 생겨났던 것이다. 잡신 속에는 심지어 여우가 화재를 막아 주는 등 영험이 있다 해서 '이나라(稻荷)'란 사당에 모셔진 게 지방 곳곳에 널려 있다. 또 소원을 기도 드리면 들어준다는 '지조'란 작은 스님 모습의 석상도 마을마다 서 있다.

한국과 일본은 지리가 가까운데다 인물 모습 또한 엇비슷해서 유사점이 많은 것 같지만 의외로 의식구조가 상반되는 면이 적지 않다. 가령 한국인은 독립주택보다는 아파트를 선호해서 거의 극한에 이르도록 호화판 아파트들이 늘어나고 있지만 일본은 아파트보다 비록 서너 평밖에 안 되는 마당일지라도 흙마당이 붙어 있는 독립주택에 사는 것이 누구나의 소망으로 여겨진다. 일본은 지진지대여서 그런 것같이 이해되기도 하지

만 대도시엔 지진에 대비한 고층건물이 계속 늘어나고 있지 않은가? 또 한 가지는 책을 보는 데도 한국인은 초호화 양장본이거나 큼직하고 두툼한 책을 선호하는 데 반해 일본인은 문고본(文庫本)을 선호한다는 점이다. 일본 서점에 가면 어디서나 문고본이 대부분의 서가를 차지하고 있음을 보게 된다. 또 한국엔 빌딩마다 십자가의 첨탑이 세워져 있고 큰 골목마다 교회가 들어서 있지만 일본에선 대도시건 시골이건 간에 교회를 찾아보기가 힘들다. 반면에 절간은 도처에 자리 잡고 있고 가장 많이 불려지던 동요 〈저녁길〉에도 '산의 절간에 종소리가 들린다.' 라는 가사가 들어 있다. 또 집안의 조상을 모시는 '가미다나' 란 미니 신전(神殿)이 집집마다 선반 위에 모셔져 있음을 볼 수 있다.

'빈보-가미' 라는 신은 그림에서 보면 늙어 꼬부라진 남루한 걸인 형상의 할아버지로 나와 있지만 '자시끼와라시' 란 어린이 모습의 신 또한 집집마다 어느 구석엔가 살고 있는 것으로 알려져 있다.

일본엔 잡신과 더불어 미신이 많고 기묘한 인연을 가지고 복의 상징물로 삼기도 한다. 일본의 토산품 가게에 들러 보면 고양이가 다소곳이 앉아서 오른손을 들고 있는 모습의 도자기나 봉재 장난감을 흔히 볼 수 있는데 어떤 건 손을 흔들게 만들어진 것도 있다. 이걸 가리켜 '마네키네코(이리 오라고 손짓하는 고양이)'라고 부르며 화(禍)를 물리치고 복을 가져오게 하는 상징물로 애완하고 있다.

여기에 따르는 전설은 미소까지 자아내게 한다. 에도(江戶 : 현재의 도쿄) 막부시대 때 어느 다이묘(大名 : 지금의 도지사급)가 부하들을 이끌고 꽃놀이를 갔다가 돌아오는 길에 소나기를 만났다. 비를 피해 어느 집 추녀 밑에 들어가 있는데 길 건너편 절간 대문 아래에 고양이 한 마리가 이쪽을 보며 열심히 이리 오라고 손짓을 하는 것이었다. 이를 이상히 여긴 다이묘가 절간 대문 쪽으로 뛰어가 문 안쪽에 다다르자 벼락 치는 소리가 나면서 이제까지 서 있었던 추녀 밑으로 벼락이 떨어져 추녀가 박살이 났다. 그래서 고양이가 생명의 은인 아닌 은묘(恩猫)라 해서 그 다이묘 집안에선 대대로 고양이상(像)을 만들어 숭앙을 해 왔고 이것이 전국적으로 '마네키네코' 상으로 번져 갔던 것이다.

그러나 고양이를 오랫동안 키워 본 사람들은 알겠지만 고양이가 세수를 할 때 손으로 계속 자기 볼을 문질러 댈 때가 있다. 이 모습은 흡사 남 보고 이쪽으로 오라고 손짓을 하는 것과 거의 비슷하다. 다이묘는 아마도 이걸 보고 착각을 해서 뛰어갔고 우연히 서 있던 자리에 벼락이 떨어졌던 것 같다. 아무튼 우연이건 필연이건 간에 동물을 위해 주는 쪽으로 해석된 점은 일본인들의 장점 중의 하나라 할 수 있다.

물방울 다이아몬드, 피눈물 다이아몬드

1982년 당시 고관대작 집만 털어 오던 대도(大盜) 조세형이 15년 형기를 채우고 재심을 청구, 4월에 법정에서 "당시에 훔친 보석은 수백억 원에 달하나 10억여 원으로 축소됐고, 두 부대 정도는 족히 될 보석류가 증발했다."고 밝혀 다시금 파문을 일으켰다. 또 당시에 수사를 맡았던 형사반장도 범인과 장물을 검찰에 넘긴 뒤 자체 보강수사를 벌인 결과 명동의 유명 보석상에서 나온 장물 60여 점을 새로 찾아냈고 거기엔 물방울 다이아몬드도 끼어 있었다고 증언했다. 당시 검사도 "상당수 피해자들이 도난신고를 하지 않았고 피해품이 증발했을 가능성도 있

다."고 지적했다.

'삥땅 친' 자들이 누구건 간에 모두 공소시효가 지났으니 이제 와서 처벌 받지는 않을 것 같다. 한 고위관료 집에서 훔친 물방울 다이아몬드는 물방울 모양으로 원석을 여러 번 깎아 내는 특성 때문에 최소 수억 원을 호가하는 것으로 알려져 세간에 상당한 관심이 됐으며, 피해자인 특권층은 서민들의 따가운 눈초리를 피해 자신들의 신분이 노출될까봐 전전긍긍하는 희극을 보이기도 했다.

세상엔 강한 인간과 약한 인간이 있는 것 같다. 출세하고 치부하는 이들의 피부는 발바닥같이 단단하며 남의 호의에 대해 상당히 둔감하다. 즉 남의 호의를 흡수해서 그 영양으로 살이 찌는 것이고 약한 이들은 남의 호의에 보답하고자 애는 쓰지만 출세나 치부는 잘 못하는 것 같다. 이 사건에서도 보석을 잃은 사람이나 그걸 훔친 사람이나 또 그걸 삥땅 친 사람이나 모두가 강한(?) 사람임엔 틀림없다.

〈기네스북〉에 의하면 세계에서 가장 큰 다이아몬드는 1905년 브라질에서 발견된 3,167캐럿짜리 원석이고 가장 비싼 것은 1990년 제네바의 한 경매장에 나온 진주 모양의 101.84캐럿짜리 다이아몬드로 낙찰가는 천2백만 달러로 나와 있다. 이런 보석들은 그 영롱한 빛깔과 아름다움에 도취되었건, 남에게 자랑

거리로 삼기 위해서건, 혹은 재산 축적 수단으로 구입했건 간에 거기엔 허영의 그림자가 길게 드리워지기 마련이다. 그러나 때에 따라 피눈물이 밴 보석도 있을 수 있다.

1945년, 중국에서 전쟁이 끝난 직후의 일이다. 일본인들은 때로는 총독같이 군림하기도 했지만, 소시민으로서 겨우 정착을 한 거류민들도 많았다. 이들 중에도 권력층은 시국의 긴박함을 미리 알고서 종전되기 직전까지 재산을 처분해 본토로 보내곤 했으나 라디오 뉴스만 믿고 있던 서민층의 사정은 달랐다. 종전의 아수라장 속에서 서둘러 재산을 헐값에 처분, 그걸 간직하기 쉽게 하기 위해 대개는 보석으로 바꾸고 부인네들은 그걸 그녀들의 신체 은밀한 곳에 숨겨 송환선을 탔던 것이다. 여인의 가장 수치스러운 곳에 감춰질 만큼 기막힌 사연들이 깊이 숨어 있는 보석이었던 것이다.

그러나 이 송환선이 부산에 도착하자 MP(Military Police : 헌병)들은 한국여성을 시켜 일본여성들의 신체를 검사했고 한국여성은 은밀한 곳에서 보석을 찾아내 MP에게 전달하는 과정에서 몇 프로 정도를 뻥땅해서 자신의 핸드백에 감추곤 했다. 가히 해방후 최대의 뻥땅 사건이라 할 수 있다. 몇 달간에 걸친 검색과정에서 빼낸 보석은 한두 가마니는 족히 됐을 성싶다.

아무튼 그 여인은 그 돈으로 6 · 25 직전까지 부산에서 배

를 여러 척 거느리는 선박회사 사장이 되었다는 기사가 1949년
도 어느 주간지에 나와 있다. 어느 때거나 엉뚱한 곳에서 횡재
를 하는 사람은 있기 마련인가 보다.

　순간적인 희열과 눈물, 요행과 도둑이 끊임없이 뒤따르는
보석, 그 정체는 과연 무엇일까? 환상의 응고체일까, 아니면 형
체화된 신기루일까?

숫자 과신의 함정

프랑스의 작가 피에르 다니노스가 쓴 『톰슨 대령의 수첩』을 보면 톰슨이란 영국 대령이 미국과 프랑스의 세상과 인종을 신랄하게 비판한 내용이 담겨 있는데, 한마디로 미국과 미국인은 숫자와 통계로 뭉쳐져 있더란 것이다.

여객선 속에서 대령은 미국인 부부를 만나 얘기를 주고받았는데 그들의 입술에서 나오는 건 말이 아니라 숫자뿐이었다고 쓰고 있다. 예컨대 그들이 딸을 자랑할 때 "우리 집 딸애는 아직 열여섯인데 벌써 5피트 6인치나 되거든요. 나이스 걸(nice girl)!" 하면, 남편은 "반 다스(doz)의 보이프렌드가 있고 지금 다니는 학교는 남녀 합해서 2천4백 명이죠. 우리 집에선 백66마일이지만 한달에 두 번씩 갈 수 있죠. 나이스 플레이스(nice place)!"…… 운운한다는 것이다. 또 다른 미국인의 얘기엔 "다섯 명의 고문과 46분간 회담한 아이젠하워 대통령을 비롯하여 25만 명의 공무원들의 지휘하에 809개의 사이렌에 의해 20분간 방공훈련을 가졌는데 6만 3천4백83개 소의 대피소에서 질서정연하게 대피한 5백20만 3백83명의 뉴저지주 주민들……." 등등 아랍인이 『코란』에 의해 움직이듯이 미국인은 숫자에 의해 움직이더라고 지적하고 있다.

맥도날드 햄버거 역시 세계적인 미국회사 식품으로 일본에서도 눈부신 판매 신장률을 기록한 바 있지만 자회사인 일본 맥도날드사의 후지다 사장 역시 절대적인 숫자 신봉자여서 그런지 경제잡지에 기고한 내용도 숫자로 나열되어 있다.

'본사는 실로 2만 5천 개의 과학적 데이터에 의해 햄버거를 팔고 있다. 성공의 비결은 예컨대 따뜻한 음식이 입 속에 들어갈 때 사람이 가장 맛있게 느껴지는 온도는 섭씨 62도이며 쇠고기를 달구는 철판 두께는 32밀리미터라야 한다. 전세계에 만 2천 개의 점포가 있고 그 모두가 32밀리미터 철판을 쓰고 있으며 철판의 표면온도는 화씨 370도가 되어야 한다. 이걸 2분 만에 구워야 하는데 컴퓨터로 제어한다. 우린 고객이 주문하고 나서

32초 만에 내놓는다. 사람이 주문하고 나서 참는 한계는 32초이며 33초가 넘으면 신경질이 나기 때문이다. 간판이 빨강과 노랑으로 되어 있는 까닭은, 인간은 빨강을 보면 제품에 걸음을 멈추게 되며 노랑을 보면 주의 깊게 시선을 집중시키게 되기 때문이다. 그래서 그 속에 상호가 들어가 있다…….'

여기엔 다행히 몇 초 만에 서게 된다는 얘기는 빠져 있다. 이렇듯 모조리 숫자풀이가 되어 있으나 가장 맛있는 온도가 62도란 근거는 어디에서 나온 것일까? 또 기다리는 시간이 32초가 한계란 것도 실소가 나온다. 스테이크를 시킬 때도 사람에 따라 취향이 달라 레어(Rare), 미디엄(Medium), 웰던(Well-done)으로 시키지 않는가? 이렇듯 숫자 나열이 계속되면 처음엔 근거 있는 숫자 사이에 허위의 숫자가 끼어들 수도 있고 '숫자 과신'은 '숫자 맹신'으로 치달을 수도 있다.

우리나라도 60년대 이후부터 브리핑엔 필수적으로 숫자의 나열이 뒤따르고 사람들은 숫자에 대해 상당히 약해졌다. 술도 한두 잔 마시다 잔을 거듭할수록 몽롱해지듯이 우리 모두가 아리송한 브리핑에 몽롱해졌던 게 아닐까? 숫자의 나열이 계속될 때 처음엔 조리 있게 따져 보다가 그것이 맞으면 나중에 나오는 숫자에 대해선 어느 정도 신용도가 붙어서 아예 끝까지 따지지 않게 되기 십상이다.

여기엔 엄청난 함정이 입을 벌리고 있고 거기에 빠질 수도 있다. 0이 하나 더 붙거나 숫자의 획이 잘못 그어질 때 그걸 그대로 지나쳐 버리면 돌이킬 수 없는 파국이 온다는 건 자명하지 않은가?

우리나라는 부자나라인 줄 알고 있었는데 장부 정리를 철저하게 하고 보니 아주 가난한 나라였다는 걸 알게 되어 아연해지고 있는 게 요즘 현실이다. 내 경우는 햄버거보다 골목에서 할머니가 구워 주는 붕어빵을 더 좋아하는데 이것이 반드시 옳다는 건 아니지만, 우리가 숫자풀이에 취해서 더 근본적이고 본질적인 걸 잊고 있는 건 아닌가 하는 생각이 든다.

한혈마(汗血馬)

우리나라도 1997년도에 이미 자동차 보유대수가 천만 대를 돌파했지만 자동차가 처음 나왔을 때엔 부유층의 사치품으로 여겨졌다가 차츰 신분을 나타내는 문명의 이기에서 요즘엔 현대인의 필수품이 되어 버렸다. 그러나 주문 생산이라는 명차 롤스로이스쯤 되면 그 자체가 자그마한 구경거리가 되기도 한다.

옛날에는 자동차 대신 말이 사족(士族)이나 장수에겐 필수품이었다. 특히 중국 한의 무제는 북방의 유목 기마민족인 흉노족에게 공주를 시집보내고 해마다 식량과 비단을 바치는 굴욕적인 강화에서 벗어나고자 몇 차례에 걸쳐 흉노를 공격했으나 번번이 실패하였다. 무제는 흉노와 앙숙지간인 월씨(月氏)와 손잡고자 건원(建元) 2년(기원전 139)에 사신을 보냈으나 사신마저 흉노에게 잡히고 만다. 흉노는 월씨를 공격해 그 왕을 죽이고 왕의 두개골로 술잔을 만드는 등 흉폭한 종족이었던 것이다.

무제는 그 월씨에게 사신을 보내다가 들은 정보로 대완(大宛 : 구소련의 우즈베크공화국의 한 지방)엔 발이 빠르고 내구력이 강한 명마(名馬)인 한혈마가 서식하고 있음을 알게 된다. 그때부터 그 말을 얻고자 부심하게 되니, 기마민족 흉노와의 전쟁에선 한혈마가 불가결한 무기였던 것이다. 그 명마를 『사기(史記)』에선 '선마(善馬)가 많으며 말은 피로 땀을 흘리며 천마(天馬)의 아들이니라.' 라고 쓰고 있다. 『사기집해(史記集解)』에는 '대완엔 고산(高山)이 있고 거기엔 천마가 살고 있는데 잡을 수가 없도다. 그래서 산 아래에 다섯 가지 빛깔의 암컷 말들을 풀어놓자 천마가 내려와 교배를 해서 새끼를 낳았으니 이것이 한혈마의 선조가 된다.' 라고 쓰여 있다. 지금도 터키 지방엔 '아르가미크' 란 아랍종의 말이 있는데 앞발 피부엔 모세혈관이 깔려 있고 거기에선 피가 스며 나온다고 한다. 이것이 한혈마의 후손인지도 모른다.

무제는 한혈마를 얻고자 대완에 사신을 보냈으나 사신이 무례하게 언동을 함에 대완 왕은 사신 일행을 살해해 버린다.

이것이 구실이 되어 무제는 대완에 원정군을 보낸다. 제1의 목표는 한혈마를 얻는 것이요, 제2의 목표가 사신의 죽음에 대한 보복이 된다. 이광리(李廣利)란 전직 악사를 총사령관으로 삼아 군사 6천 명과 죄수군단, 불량 청소년 등 수만 병력으로 출발했으나 대완까지 가는 서역교역로(지금의 실크로드)에 산재해 있던 성들이 모조리 문을 굳게 닫아 버려 식량과 물 부족으로 오합지졸이었던 군사들은 뿔뿔이 흩어져 버리고 원정에 실패한다.

무제는 대로해서 정예군사 6만 명에 소 10만 두를 이끌고 가는 대원정군으로 재편성해 출발케 한다. 대완의 도읍 귀산성(貴山城)은 성안에 우물이 없고 성 밖에 흐르는 개울물을 이용했는데 이광리가 데리고 간 토목 인부들이 물을 막아 버리자 40여 일을 견디다 못한 귀산성의 대신들이 직접 왕의 목을 베어 이광리에게 바치고 항복을 해 왔다. 만약에 항복을 받아 주지 않으면 한혈마를 모조리 죽이고 결사농성을 한다는 결의를 전달했던 것이다.

이광리는 깜짝 놀라 그들의 항복을 받아들인다. 이광리는 자신의 누이동생이 무제의 총애를 받음으로써 출세한 엉성한 장수였고 대완 원정의 승리는 물량의 승리지 지휘관의 재능에 의한 것이 아니었다. 이렇게 중요한 점을 착각한 무제는 이번엔 이광리에게 기마병 3만 명을 이끌고 흉노를 치게끔 천산(天山)

으로 진격케 했다. 이 원정엔 이능(李陵)이란 장수가 보병 5천 명을 이끌고 별동대로 종군했다.

그런데 앞서 말했듯이 이광리는 급조된 지휘관이므로 한혈마를 탄 장수들이 참전했음에도 불구하고, 흉노군에게 격파되어 기마군사의 절반가량을 잃고 도망쳐 오게 된다. 아무리 명마라 할지라도 그걸 탄 장수의 머리가 모자라면 질 수밖에 없지 않은가? 벤츠 500을 타고 사업을 하더라도 머리가 좋지 않으면 기업을 쓰러뜨릴 수도 있듯이 말은 말일 뿐이고 차는 차일 수밖에 없다. 이능의 군은 지원군 식량도 끊긴 채 3만 명의 흉노와 8일간을 싸우다 화살과 식량은 떨어지고 기진맥진해 항복하고 만다.

그런데 무제는 이광리의 잘못은 묻지 않고 이능을 비난했다. 뿐만 아니라 이능의 가족을 모조리 주살해 버렸다. 다만 사마천(司馬遷) 한 사람만이 그의 기록에서 이능을 절찬하고 변호를 했다. 무제는 대로해서 사마천을 잡아들여 궁형(宮刑 : 성기를 잘라 버리는 극형, 썩는 냄새가 난다고 해서 부형腐刑이라고도 부른다.)에 처하고 투옥해 버렸다.

2년 후에 출옥한 사마천은 고금동서를 털어 불후의 명작으로 불리는 『사기』를 저술하게 된다. 이 모든 일의 시작과 종말은 한혈마란 명마에서 연유된 것이라 볼 수 있다.

무제에겐 한혈마가 그의 머릿속에 새겨진 일생의 목표였는지도 모른다.

그러나 목표란 그것이 수중에 들어올 때까지의 과정에 의의가 있는 것이지, 들어온 후에 보면 환멸의 대상이 될 수도 있다. 더욱이 그것을 구하기 위해 남들에게 모진 짓을 했다면 한 번쯤은 후회가 될 때도 있다. 어느 누구라 할지라도……

송충(松蟲) · 곽거병(霍去病)

지금도 동경에 있는 궁성(宮城)엔 한조몽(半藏門)이란 고색 창연한 대문이 있다. 핫토리 한조(服部半藏)는 닌자(忍者)의 두 목으로서 도쿠가와 이에야스가 소수의 병력으로 위험한 곳을 통과할 때 그 경호를 맡음으로써 정식 사족으로 출세한 사람이 다. 사실 같은 장소를 지나던 다른 무장들은 모두가 죽음을 당 했다.

당시의 닌자란 전시엔 첩자 역할을, 평소엔 영주의 경호 역 을 맡은 천민계급이지만 무사 이상의 처절한 훈련을 쌓아야 했 다. 간단한 장비로 성곽을 넘나드는가 하면 가옥의 천장 속에서 며칠을 지내기도 했으며, 발견되면 얼굴을 몰라보게 하기 위해 단도로 제 얼굴 가죽을 벗겨 버리고 자결하는 게 관행처럼 되어 있었다.

그 닌자들의 두목이 한조인데 가지가지의 공로를 세워 이를 기리기 위해 당시의 에도조(江戸城 : 지금의 궁성)에 문까지 만들게 된 전설 속의 닌자요, 실제 인물이었다. 그러나 이러한 한조보다 더욱 민첩하고 날쌔며 거의 초인적인 능력을 가진 실제 닌자로서 료오바리 규우조(兩張久藏)가 있었다.

한조와는 친했던 사이로 그와 여러 번에 걸쳐 인술 경쟁을 했는데 거의 규우조가 이겼다는 기록들이 남아 있다. 그런데 한조는 출세 지향적 인물로 지금도 역사에 그 이름이 남아 있지만 규우조에 대해선 거의 알려져 있지 않다.

그는 생포되어 적장 앞에 끌려갔을 때 적장을 향해 껄껄 비웃으며 열 겹으로 결박 지은 밧줄을 단숨에 풀어 버리고 까마득한 성벽을 새같이 날아올라 순식간에 사라져 버렸다는 전설적인 인물이지만, 좀 철학적 사고방식의 인물이었던지 돌연 농부가 되고자 산속 깊이 사라져 버렸다.

그에겐 사랑하는 아내와 딸이 하나 있었는데 그 이름을 송충(松蟲)이라 붙였다. 송충이가 기어 다니는 소나무 밑에서 임신을 했다 해서 붙인 것으로 아내의 죽을 때 유언인 "우리 애는

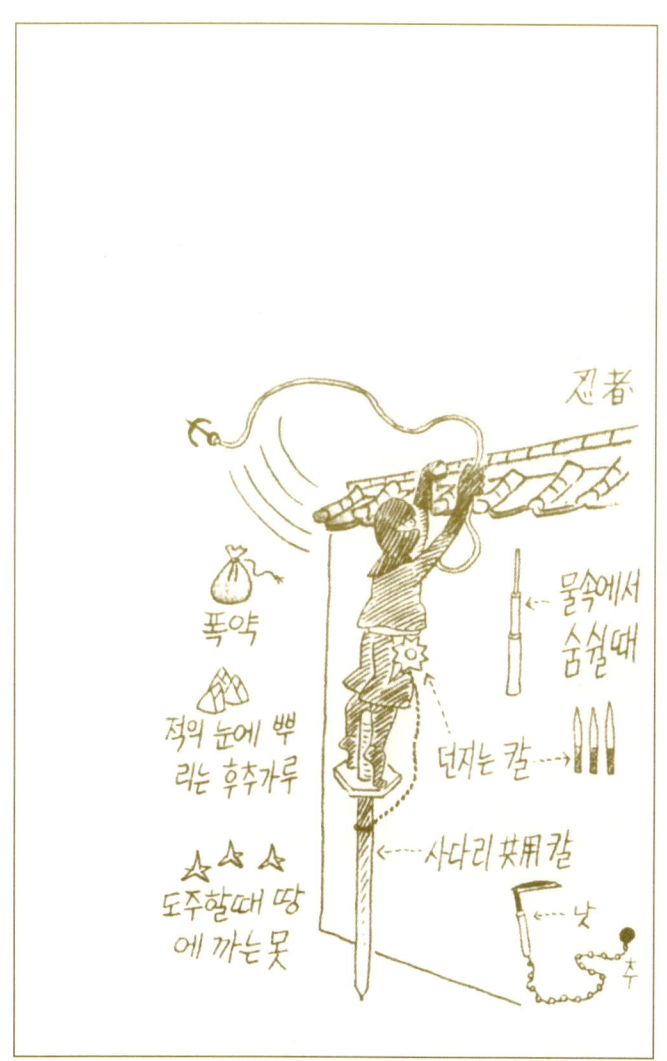

제발 닌자를 시키지 말아 달라."란 뜻에 따라 세습으로 그 기술을 전승하던 닌자의 길을 걷지 않게 하고 스스로 딸을 데리고 산속 깊숙이 사라졌던 것이다.

재미난 것은 단 하나뿐인 딸에게 왜 송충이란 벌레 이름을 붙였느냐 하는 점이다. 송충이같이 징그러운 이름을 붙여 남들에게서 딸을 보호하고자 했는지도 모른다. 다른 분야에서도 그렇지만 때때로 가장 으뜸이 되는 자의 이름은 사라지고 두 번째쯤 되는 이의 이름이 명성을 얻게 되는 경우가 적지 않은데 규우조의 경우도 이에 해당된다 할 것이다.

희귀한 이름으론 한나라 무제의 장수 곽거병(霍去病)이 있다. '병' 자가 없어지면 건강한 이름(?) 같지만 '病' 자가 들어 있는 한 병명 중의 하나로 보이지 않는가? 또 성인 '곽' 자체도 '새가 빗속을 날아가는 소리'라는 희소 성이다.

무제는 기나긴 흉노와의 전쟁에서 늘 밀리기만 했지만 곽거병 덕분에 약 7년간은 흉노를 거의 괴멸에 가깝게 몰아붙일 수 있었다. 18세 때 장교가 된 곽거병이 기병 8백 명을 거느리고 흉노군과 싸워 잡은 포로가 2천 명이 넘었고 무제는 이에 감탄, 그를 표기장군으로 봉하고 대군을 주어 하서회랑(河西回廊)에 진격케 했다. 여기서도 곽거병은 흉노군을 유린하여 9천 명의 목을 베고 만 명을 포로로 만들었을 뿐 아니라 흉노의 휴도

왕(休屠王)이 하늘에 제사를 지낼 때 쓰는 금인(金人 : 동으로 만든 신상)을 포획했다.

금인을 뺏긴 흉노군의 사기 저하는 말할 나위도 없었다. 흉노의 대신들과 최고사령관도 한나라에 투항했고 적 병력은 10분의 3으로 줄어들었다. 이로써 만리장성 안엔 흉노족이 얼씬도 못 했는데 아깝게도 곽거병이 24세로 죽음으로써 흉노 근절을 위한 토벌은 중지되고 만다. 무제는 축조 중이던 자신의 모능(茂陵) 옆에 커다란 산을 만들어 그를 후히 장사 지내 주었다.

송충이나 곽거병같이 희귀한 이름은 우리나라보다 일본에 압도적으로 많다. 우리나라는 고래로부터 임금님에서 촌부에 이르기까지 성과 이름은 물론 본관이 있고 돌림자가 대대로 내려오고 있지만, 일본의 경우는 전혀 다르다. 예컨대 일본에서는 왕족이나 사족, 거상(巨商)을 제외하고는 정상적인 함자를 가진 이름이 거의 없다시피 하다.

1591년에 도요토미 히데요시에 의해 신분통제령(身分統制令)이 내려지고 토지대장과 화폐제도가 생겼으나 명치 3년 (1870) 9월 19일에 명치유신 정부에 의해 누구나 성과 이름을 지닐 수 있다는 포고령이 내리고 나서부터 전국적으로 이름 짓기 붐이 일어났던 것이다.

백성들은 서당 선생이나 사족들에게 몰려가 하루에 수십

霍去病

명씩 이름을 급조해 받았는데 예컨대 밭을 일구던 농부에겐 다고사꾸(田吾作), 소나무 아랫집에 살고 있으면 마쓰시다(松下), 심지어 얼굴이 푸른빛이면 아오노(靑野), 개장수는 이누가이(犬養)로 지어 주는 등등 요즘 같아선 우스갯소리로 넘겨 버릴 기막힌 일들이 전국 도처에서 벌어졌던 것이다. 또한 사족계층과 농부계층의 차별이 어찌나 심했던지 마부라 할지라도 자기 말을 못 타게 되어 있었다. 물론 산속 길을 홀로 갈 때는 상관없겠지만 사족들이 다니는 길에서 평민이 말을 타는 건 금기사항이었다가 명치 4년(1871) 4월 18일에 '백성도 말을 탈 수 있다.' 는 포고가 내려지고부터 자유로울 수 있었으니 어느 정도인가 짐작이 가지 않는가?

또 동양 쪽에선 악명일수록 성공하고 장수한다는 작명논리가 예부터 나오고 있어 고종황제의 아명이 한때 '개똥이' 로 불렸다는 얘기도 있고, 몽고인의 이름으로 '대변' 을 뜻하는 '바스트', 악마를 뜻하는 '초트굴' 같은 이름도 있었다지만 미국 캘리포니아주립대의 연구결과에 따르면 영문 이니셜이 이긴다(WIN), 하느님(GOD), 해(SUN)같이 극단적으로 좋은 이름을 가진 사람들이 나쁜(BAD), 쥐(RAT), 바보(ASS), 건달(BUM) 등의 나쁜 이름을 가진 사람들보다 평균 수명이 7년가량 길다고 발표한 바 있다.

동서양의 작명논리는 이 정도로 상치된다. 아무튼 이름의 성격이나 내용도 문제지만 부를 때의 어감에 따라 혐오감이 생기는 것은 아무래도 재고해 볼 만하지 않을까?

이름 그 자체가 절대적으로 성공 여부를 좌우한다면 대통령이나 재벌 이름을 그대로 답습하면 될 것이지 굳이 새로운 이름을 지으려 궁리할 필요가 없지 않을까?

도요토미 히데요시의 악몽

일본연대 경장(慶長) 3년(서기 1598) 5월부터 중병에 걸린 도요토미 히데요시는 후시미성(伏見成) 내 몇 겹의 비단이불 속에서 지옥의 고통을 맛보고 있었다. 병명은 이질, 기관지 천식, 폐결핵이라는 몇 가지 설이 있는데 두 가지가 겹친 것인지도 모른다. 그는 육신의 고통보다 단 하나밖에 없는 여섯 살짜리 아들 히데요리(秀賴)에 대한 연민과 미련과 승계에 대한 걱정으로 불안, 초조, 의심암귀(疑心暗鬼)에 몸을 떨고 있었다.

다이묘들이 잇단 문병을 오면 눈물을 흘리며 손자 같은 아들 히데요리에 대한 권력 승계를 당부하곤 했다. 하도 잘 울어

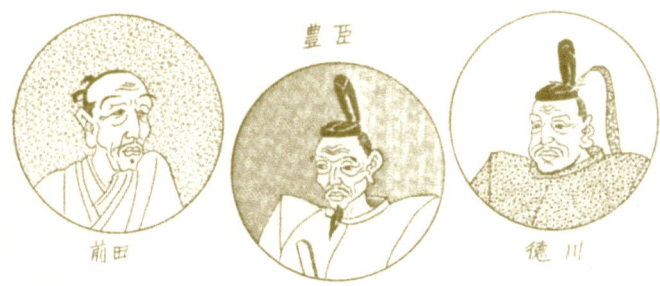

豊臣

前田　　　　　徳川

서 그만 함께 울어 버리는 다이묘들의 모습을 보고 부하들은 도요토미가 작고했나 깜짝깜짝 놀라기도 했다. 후실을 십여 명씩 둔 도요토미는 부하들의 부인이건 미망인이건 가리지 않고 농락하는 엽색가였건만 정작 자신의 친자식은 세 살 때 죽은 쓰루마쓰(鶴松) 이후론 57세 때 얻은 히데요리만이 직계 피붙이였던 것이다.

히데요리에 대한 애착은 조선에 파병한 14만 군사들에 대한 것보다 몇 곱의 것이었으니 가히 망집(妄執)에 사로잡혀 있었던 것이다. 후계가 없어서 자신의 친조카 히데쓰구(秀次)를 관백직(關白職 : 내각제의 수상격)에 앉혀 놓았던 걸 히데요리가 태어나자 구실을 붙여 그의 직책을 뺏고 고야산(高野山)으로 추방했다가 할복 자결케 했을 뿐만 아니라, 철저히 후환을 없애기 위해 히데쓰구의 자녀, 처와 첩까지 합쳐 30여 명을 잡아 도륙을 해 버렸으니 이 모두가 히데요리의 대권승계를 위한 포석이었던 것이다.

7월에 접어들어 병세가 회복되기 어려운 것을 자각한 도요토미는 11개 조항의 오보에(覺 : 유언장)를 만들어 수십 명의 다이묘들을 불러 철저히 권력 승계를 주지시켰고, 자신 다음으로 가장 유력한 다이묘인 도쿠가와 이에야스의 손녀와 히데요리의 정략결혼 서약을 유언장에 명시했으며 다시금 유력한 다이묘인 마에다 도시이에(前田利家)로 하여금 유언장이 지켜지게끔 권한을 주어 이두(二頭)정치 체제를 확립시킨다. 그러고도 부족해서 모리(毛利), 우에스기(上杉), 우키다(宇喜多)의 다이묘를 동격으로 승격시켜 5대노(大老)라 칭하고 이의 감독 역할을 맡긴다.

그러다 어느 날 도요토미는 무슨 예감이 들었는지 돌연히 히데요리가 장차 거처할 대판성(大阪城)의 대대적인 외곽 수축 공사를 명하고 수만 명의 인부가 동원된다. 이때의 예감이 적중한 것인지 도요토미가 죽은 지 17년 후에 이 대판성은 도쿠가와의 공격으로 불타고 히데요리 역시 불타 죽게 된다. 애당초 도요토미의 정권하에서는 이시다 미쓰나리(石田三成)를 주칙으로 하는 문치파(文治派)와 가토 키요마사(加藤淸正)를 주칙으로 하는 무단파로 갈라져 있어 아옹다옹해 왔다. 마에다가 오래 살아 있었으면 이들 두 파를 억누를 수 있었으련만 마에다도 도요토미 사망 후 10개월 만에 죽게 되었고 이들 두 파는 대대적인 전쟁을 벌여 도요토미의 직계 병력은 반으로 약화된다.

7월에 들어서서 '도요토미의 쇠약상은 거의 사람의 형상이 아니었다.'고 선교사 로드리게스는 수기에 남기고 있다. 도요토미는 도쿠가와, 마에다의 양대 다이묘를 불러서 '조선에 파병시킨 군사들은 모조리 귀국시킬 것이며 히데요리의 교육과 경호는 마에다가 맡고 그가 자랄 때까지만 정치는 도쿠가와가 맡는다.'

라고 사실상의 마지막 유언을 한다. 하도 애걸복걸을 하는 도요토미를 보다 못한 도쿠가와는 마에다와 의논하여 '우리 둘은 맹세코 이 서약을 지킨다.' 라는 신문(神文 : 하늘에 서약)을 써서 도요토미에게 바치자 그는 근래에 드물게 희색(喜色)을 띠었다고 한다. 도요토미가 정말로 영리하고 미래를 내다볼 줄 알았다면 이때 아예 도쿠가와에게 정권을 넘겨주고 히데요리는 그 밑에 하나의 다이묘로 지내게 했을 것이다. 그랬다면 아마도 히데요리는 물론 그 자손까지도 도쿠가와 막부 250년간을 무사안일할 수가 있었을 게 분명한데 권력가의 욕심이 어디 그러한가?

7월 초에 도요토미는 옛 군주 오다 노부나가(織田信長)로부터 저승으로 끌려가는 악몽을 꾼다. "토오키치로(藤吉郎, 도요토미의 전 이름)야! 이제 때가 됐으니 이리 오너라."라고 오다가 손짓을 하자 도요토미는 덥석 꿇어 엎드려 "저는 당신을 암살한 미쓰히데(光秀)를 쳐 죽이지 않았습니까? 좀 더 기다려 주소서." 했고 오다는 "아니야, 아니야, 내 아이들에 대한 네 소행…… 너무 가엽게 했잖아? 빨리 오라니깐." 하며 도요토미의 멱살을 잡아끌었고 그는 꿈에서 깼다. 눈을 뜨고 보니 실제로 몸이 이불 밖으로 몇 미터나 나가 있었더라고 한다. 마에다에겐 아무 흉허물 없이 말하던 도요토미의 얘기가 마에다의 수기 〈이가야화(利家夜話)〉에 나와 있으니 사실을 인정하지 않을 수 없다. 사실상 도요토미는 오다의 둘째 노부오(信雄)의 영토를 뺏고 추방했을 뿐 아니라, 셋째 노부다카(信孝)를 할복 자결케 했으며(첫째는 이미 사망) 다섯째 딸은 정실 아닌 첩으로 삼았던 것이다. 아무래도 자신을 출세시킨 오다에 대한 보답이라곤 아무도 인정하기 어렵다.

꿈이야 도요토미의 회한에서 생겨난 것인지, 오다의 망령이 작용한 것인지 모르겠으나 꿈 자체는 사실이었던 것 같다. 8월에 들어서자 "누군가가 히데요리에게 독약을 먹이려 한다."고 소리쳐서 부엌 출입자와 조리사들의 경을 친다. 이후 도요토미의 말은 망령된 것으로 치부해 버린다. 수없이 많은 다이묘들이 되풀이 쓴 권력이양에 대한 기청문(起淸文), 신문, 서사문(誓詞文) 등의 서약서 무더기를 머리맡에 두고 1598년 8월 18일 오전 2시, 도요토미는 향년 62세로 추악한 몰골을 남긴 채 세상을 하직한다. 그리고 17년 후에 도요토미 일가는 도쿠가와에 의해 멸망당하는 비운을 겪는다.

당시엔 패장의 일족을 남겨 두면 낭인(浪人 : 주인을 잃은 무사들)들이 그들을 업고 반란을 일으키므로 패장의 먼 친척까지 철저히 죽음을 당하는 게 상례로 되어 있었다. 그 많은 다이묘들의 서약서는 휴지에 불과했던 것이다. 지금의 대판성은 불탄자리에 시멘트로 지은 것이고 도요토미의 후손이 살아남아 있었다는 얘기는 여태껏 그 어느 기록에도 없다. 다만 도요토미는 생시에 당시 저명한 화공들로 하여금 초상화를 그리게 했는데 그 초상화를 보면 주름투성이의 원숭이상에 족히 80세는 넘어 보인다. 자신의 얼굴을 특별히 미화시키지 않고 그대로 그리게 한 도요토미는 이러한 점에 대해서만은 솔직했음이 인정된다.

아이들을 교육시켜 독립시키고 은행 빚이 없는 조촐한 집 한 채를 남긴 소시민들은 차라리 편안하게 눈을 감을 수 있을지 몰라도 거대한 권력을 지닌 사람이거나 막대한 재산을 지닌 사람들은 오히려 자신의 힘이나 재물을 어떻게 후손에게 남겨 주나 하는 걱정으로 편안하게 눈을 못 감는 경우가 많다.

여기서 당나라 때 스님 한산거사(寒山居士)의 시가 생각난다.

空手來 空手去(공수래 공수거)
成墳后 客散去(성분후 객산거)
夜寂寂 月黃昏(야적적 월황혼)
遺世財 衆人奪(유세재 중인탈)

빈손으로 왔다 빈손으로 돌아간다. 무덤이 만들어지면 손님들은 뿔뿔이 흩어지며, 밤은 적막한데 달만 밝도다. 세상에 재산을 남기면 온갖 친척들이 다투어 뺏어 가려 달려들도다.

주지육림 (酒池肉林)

신라 때 남해왕(南解王)이 죽었을 때의 일이다.

태자 유리(儒理, 서기 24~57년, 琉璃王이 아님)와 사위 석탈해 (昔脫解)는 서로가 임금 자리를 놓고 사양하다가 석탈해의 제의로 "어진 사람은 치아가 많다고 하니 그걸 세어 보아 많은 사람이 임금이 되기로 하자."고 하고선 떡을 두 개 가지고 와 깨물어 보니 거기 새겨진 치아 자국이 많았던 유리가 왕이 되었다고한다.(『삼국사기』권 제1. 유리왕 원년) 이 기록으로 볼 때 그 당시에 이미 떡이 있었다는 얘기가 된다. 그러나 그것도 궁궐 속의일이니 가능했지 일반 백성과는 거리가 멀었을 것이다.

서기 145년 때 흉년이 들어 아사하는 백성이 늘어나자 신라에선 조(粟)를 풀어 주었다고 기록하고 있다. 오늘날의 떡이라면 설날이나 추석 등 잔치 때 필수품으로 나오게 돼 있고 지금도 좋아하는 이가 적지 않다. 또 그 당시 진정(眞定) 스님은 출가하기 전에 남의 집 일을 해 주고 조를 보수로 받아 홀어머니께 봉양했다고 하니 그때까지 한국인의 주식은 쌀이 아니라 조나 보리였음을 알 수 있다.

훨씬 뒤지만 일본에서는 전국시대 때 휴대용 군용식량으로 떡이 활용되었다. 일본은 습기가 많고 기온이 높아 쌀을 찌면 하루만 지나도 공중의 잡균이 스며들어 가 곧 썩어 버린다. 그래서 주먹밥을 만들었고 주먹밥은 겉에 곰팡이가 끼어도 속은 멀쩡하다. 이것이 연유되어 본격적으로 절구에다 떡을 찧게 된 것이다. '갖고 다닌다.'를 일어로 '모찌아루꾸'라고 하고 밥을 고화(古話)로 '이히'라고 하므로 '모찌이히'라고 부르던 것이 줄어들어 떡을 '모찌'라 부르게 된 것이라 한다.

설날이라면 떡 다음에 육전이 또한 불가결한 식품이다. 12세기 초엽 고려 때 송(宋)에서 나왔다 돌아간 이의 수기에 의하면 "고려인들은 양이나 돼지를 산 채로 네 다리를 묶어 불구덩이 속에 던져 넣으면 털이 탔고 죽은 듯 보여 꺼냈을 때 다시 살아나면 한 사람이 몽둥이로 골을 때려 죽였으며 배를 갈라 내장을

꺼내는데 그 방법이 서툴러 오물이 마구 흘러 끓이거나 구워도 악취가 분분하더라."라고 쓴 게 있다. 우연히 지엽적인 광경을 본 것인지는 몰라도 유목민족인 몽고인보다는 불고기 조리 요령을 잘 몰랐던 것 같다.

한국인이 식물성 주식족이었는 데 반해 몽고족은 동물성 주식족이었기에 고려가 13기 때 그들의 지배하에 놓여 있었던 기간 동안에 바비큐 등의 고기 조리법을 여러모로 익히게 되었다. 불고기뿐 아니라, 쇠고기를 맹물에 삶은 '설렁탕'은 어원 자체도 몽고어의 '술루'에서 연유한다고 한다.(『고사통故事通』, 최남선) 그러나 고려가 불교를 국교로 삼게 되자 불교의 가르침에 따라 여러 번에 걸쳐 도살이 금지되어 식료품으로 보편화되지는 못했었다.(신라 법흥왕法興王 16년 때와 고려 광종光宗 16년 때도 도살금지령이 내렸었다.)

중국 고대 때부터 명시를 남긴 시인들은 거의가 술 애호가였음은 누구라도 아는 바일 것이다. 술은 약 3천수백 년 전 중국의 하(夏)왕조 때 우왕(禹王)이 처음 맛보고 놀라워했다는 기록이 있다. 요(堯), 순(舜) 시대가 지나고 나서 우왕 때의 일이다. 그때까지만 해도 산성맛이 나는 음료수만 마시다가 하루는 어떤 남자가 술이란 걸 만들어 진상을 했는데, 우왕은 그 맛과 향기가 몽롱해지는 쾌감에 도취 "후세에 이 술이라는 것으로 신상을 망치는 사람이 생길 것이다."라고 예언을 했다. 아니나 다를까 이 예언은 바로 그 후손에 가서 들어맞게 된다. 즉 하왕조는 17대 때까지 432년이나 지속됐는데 마지막 왕 걸(桀)은 괴력의 소지자로 맨손으로 신하를 때려 죽이는 등 포악한 성격이었다. 그는 유시씨(有施氏)를 토벌하고 그 딸 매희(妹喜)를 첩으로 삼았는데 이 매희에 푹 빠져 버려서 매희가 소원하는 건 닥치는 대로 다 이뤄 주고자 정신을 쏟는다. 예컨대 옥(玉)으로 궁궐을 만들고 인공 연못을 만들어 술떡으로 축대를 쌓고 그 속에도 술을 가득 붓고 배를 띄워 풍악을 연주하고 넘실넘실 춤을 추었을 뿐 아니라, 수천 신하들을 연못가에 꿇어 엎드리게 하고 신호에 따라 북을 치면 일제히 연못에 머리를 박고 술을 마시게 했으며 온갖 고기를 포로 만들어 나무 모습으로 세워 놓은 게 숲을 이루어 그것을 안주 삼아 먹게 했다고 하니 오늘날의 우리로서는 가히 상상도 못 할 짓거리임에 틀림이 없다.

설마 그렇게까지 할 리가 있었겠느냐고 반문하는 이도 있겠지만 그것은 중국의 역사를 모르는 데서 나온 말이다. 진시황 무덤 곁의 병마용을 보고 만리장성을 보라. 거기에 비하면 대단치도 않은 행사로 생각했던 게 옛 중국의 왕(王)이었던 것이다. 이때부터 주지육림(酒池肉林)이란 말이 생겨났다. 이 경우 주지육림은 중국식 과장법에서 나온 말은 결코 아닌 것이다. 이렇게 되니 이에 따른 인민의 고통이란 필설로 표현키 어려운 지경이었을 것이다. 이 기회를 틈타 은(殷)의 탕왕(湯王)이 쳐들어와 '걸'을 죽임으로써 '하'는 멸망해 버린다.

우리나라에선 부여시대 때 정월에 하늘을 향해 제사를 지내는 행사가 있었고 이때에 술을 마시고 춤을 추었으니 이 축제를 영고(迎鼓)라 불렀다고 한다.(『삼국지三國志』「부여전夫餘傳」) 술은 원래가 곡물의 부패 과정에서 우연히 만들어진 것인데 그것이 무슨 곡물이었는지는 밝혀지지 않고 있다. 다만 쌀은 인도 지방이 원산지로 중국 경유나 혹은 직접 한국에 들어온 것으로 추정된다. 미(米)를 '살', '쌀' 또는 '도(稻)'라고 하는데 도나 미의 어원도 인도나 말레이 반도에서 유래된 것이라 하니 이미 쌀로 빚은 술일 수도 있다.

일본에서는 고래로부터 술이라면 '막걸리'뿐이었는데 청주(淸酒 : 정종)가 나오기 시작한 것은 도요토미 히데요시 때부터로 알려져 있다. 그 당시 경(京 : 수도)에는 커다란 양조장이 있었는데 그 주인에게 학대를 받아 떠나게 된 하인 한 사람이 주인의 사업에 타격을 주고자 밤중에 커다란 술독 속에다 재(灰)를 듬뿍 쏟아 붓고 도망을 쳤다. 그러나 다음날 아침에 주인이 술독을 열어 보니 탁해 보이던 술이 맑아져 있을 뿐 아니라 감칠맛이 나는데다 향기까지 좋아 깜짝 놀랐다고 한다.

재 때문에 탁주의 섬유질이 바닥에 가라앉아 투명해진 것인데 이것이 청주의 시초라고 한다. 다만 이 얘기는 구전일 뿐이고 역사의 기록은 아니니 우스갯소리로 넘겨 버려도 된다. 그 시대에 따라 변천된 과정은 기록에 있는 걸 참조했다.

이순신의 실패기

이순신 장군이 성웅(聖雄)이요, 우리 민족의 자랑임에는 변함이 없으나 지나치게 신격화되어 역사의 기록에서 잘못 알려진 점이 몇 가지가 있다.

임진왜란 초기 선조 25년(1592) 4월에 왜군이 부산에 상륙한 후 해상에선 이순신이 출동, 옥포해전(5월 6일)을 시작으로 적진포해전(8일), 사천포해전(29일), 당포해전(6월 2일), 당항포해전(4일)의 승리에 이어 7월 8일의 한산대첩(왜선 59척 격파·침몰)으로 이어졌다. 이 당시 쌍방의 출동 선박 수효와 전쟁 기록은 이순신의 장계(狀啓 : 왕에게 올리는 보고서) 내용과 왜군 측 장수 와키자카 야스하루(脇坂安治)의 기록이 거의 일치한다. 따라서 와키자카의 기록 책자인 『와키자카기(脇坂記)』는 그 정확도가 높은 것으로 봐야 한다. 자신의 패전 기록을 처참하리만큼 상세히 기록하고 있기 때문이다.

그런데 이듬해 선조 26년 3월에 웅포(창원군 웅천면)에 몰려 있던 왜군 함대를 격파키 위해 이순신은 이억기, 원균과 함께 연합함대로 출동을 했다. 이때의 왜군 사령관은 이순신에게 고배를 마셨던 와키자카로 이제까지의 전투방식, 즉 전선끼리의 정면대결을 피해 큰 배는 정박시켜 두고 작은 하야부네(早船 : 배 밑이 깊지 않아 얕은 수면에서도 신속히 움직일 수 있는 해안경비용 순찰선)에 소수정예의 무사들을 태우고 숨어 있었다. 이를 모르고 조선 수군은 항만 깊숙이 돌격해 들어갔다가 바다 밑 얕은 부위와 암초에 걸려 꼼짝 못하게 되었고, 이때를 기다리던 소형 왜선들이 돌진해 와 조선 수군 병선의 선봉선상에 올라타 왜군 특유의 검술로 수많은 수군을 살상하고 대형 선박 네 척을 나포했다. 이순신은 여기서 고배를 마시고 소진포로 돌아가 버렸다.(『선조수정실록宣祖修正實錄』)

왜군 측은 이것이 해상에서의 첫 승리라 하여 크게 자랑삼은 반면, 우리의 일부 역사 기록엔 "웅천 앞 해전에선 이순신이 네 번이나 왜군함대를 넓은 바다로 유인했으나 따라 나오지 않

武經節要 蒙衝圖

아 그만 회군(回軍)을 했다."라고 기록하고 패전으로 인정하지 않고 있다. 최근에 알려진 바지만 그 당시 거듭되는 해전에서의 패전에 크게 충격을 받은 도요토미 히데요시는 와키자카에게 직접 서찰을 보내 "조선 수군과는 절대로 바다에서 싸우지 말라."는 명령을 내렸다. 그 문서와 기록이 와키자카 가문에 대대로 내려오는 『와키자카기』에 상세히 기록되어 있음을 일본 교리츠(共立)여자대학 기타지마(北島万次) 교수가 1998년 12월 전쟁기념관에서의 강의에서 밝히고 있다.

이에 선조 27년(1594) 3월에 조선군은 당항포에서 적선 21척을 격파, 대승을 거두었고 이에 당황한 코니시 유키나가(小西行長)는 도요토미 히데요시의 명령과는 관계없이 명나라 장수 담종인과 강화교섭을 시작, 특히 명장(明將)으로 하여금 이순신을 회유하고자 했으나 이순신은 "왜인이란 원래 간사함이 그지없으니 그들이 신의를 지켰다는 말을 들은 적이 없다."고 일축해 버린다.

한편 가토 기요마사(加藤淸正)도 유정대사를 만나 강화교섭을 하는 등 전쟁은 일단 소강상태에 들어갔으나 코니시가 안내하여 데리고 간 명나라 사신을 만난 도요토미 히데요시는 명이 왜국에 대해 조금도 굴복하지 않았다는 걸 서신을 통해 알고 대로해서 코니시를 참수하려 했으나 막료 이시타(石田三成) 등의

日水軍 九鬼大隅守嘉隆兵船圖

만류로 일단 분을 삼켰고 주전파(主戰派)인 가토의 제안에 따라 도쿠가와 이에야스의 만류에도 불구하고 다시금 대군을 파견한다. 이를 정유재란(丁酉再亂)이라 부른다. 이때 왜군 측 통역관 요시라라는 자가 있었는데 한국어에 능통해 왜군과 조선군 사이를 왕래함으로써 경상좌병사 김응서의 신임을 받기도 했다.

요시라는 "곧 가토가 주력부대를 이끌고 조선으로 오게 되니 그때 바다에서 섬멸시켜 버리면 전쟁은 끝날 것이다."라고 알려 와 도체찰사 이원익은 권율을 통해 이순신에게 가토 격파를 위한 출동을 명령했다. 그러나 '왜인은 원래 간사하니······.' 선입견이 강했던 이순신은 이를 거짓으로 판단했다. 급기야 선조 30년(1597) 1월 14일 가토는 왜군과 무기와 식량을 만재한 130척의 대형선박을 이끌고 다대포에 다다랐다. 이 사실도 코니시가 요시라를 시켜 조선 측에 알려 왔고 도원수 권율에 의해 이순신에게 하달된 것은 1월 21일이었으므로 해상전투로서는 이미 늦은 감이 있었다. 그렇더라도 이순신이 코니시의 말을 조금이라도 참고해 출동 태세를 갖추고, 정찰을 철저히 하지 않은 점은 부인할 수가 없다. 더욱이 요즘같이 쾌속선이 아닌 노 젓는 전선이 130척이나 부산까지 오려면 며칠이 걸렸을 것이다.

이에 동인(東人, 이순신을 천거한 유성룡 등) 측을 시기하던 서인(西人) 측이 '이순신은 더할 수 없는 호기(好機)를 놓친 역적'

으로 몰아 이순신을 파직(해임)시키고 죄수가 타는 함거로 압송해서 일개 사병으로 백의종군을 시킨다. 이런 원인은 이순신이 왜군 측 사정에 너무나 어두웠다는 걸 증명한다. 코니시와 가토는 라이벌로 사사건건 의견 차이가 심해 이순신이 패하는 것보다 상대가 패하는 걸 더 바랐던 것이다.

그들은 일본으로 돌아간 후 동군과 서군으로 갈라져 전쟁을 치렀고 코니시 측이 패해서 공개처형을 당했다.(가토는 직접 참전하지 않음) 이 전투를 일본력 경장(慶長) 5년(1600) 9월 15일의 세키가하라(關ヶ原) 합전(合戰)이라 부른다. 이들은 양측 모두 도요토미 히데요시의 장수들로, 조선 출정 때 논공행상의 불평등과 감정의 대립이 폭발해 버린 전투였고 이로 인해 도쿠가와가 일본을 통치하는 데 평탄한 길이 열리게 됐던 것이다.

또 대개는 조선 수군의 대승을 거북선에 의한 것으로 알고 있으나 그보다는 병선에 장착한 포와 화전(불덩이를 매단 화살)의 위력과 지리와 해류와 기후를 잘 이용한 이순신의 탁월한 전략에서 얻어진 것으로 봐야 한다. 조선 측 전선이나 병선은 그 모체가 판옥선(板屋船)으로 배 밑바닥이 평평해 포를 장착하고도 균형을 잡기가 쉬웠고, 왜군의 병선은 아랫부분이 좁은 유선형이라 포를 장착하는 데엔 무리가 있었다.

거북선은 여러 척이 있었던 적이 없고 한 번의 해전에 한 척에서 세 척까지 참전을 했다. 어사를 지낸 박문수는 "초기의 거북선(실전 참가)은 중국의 맹충이란 돌격선과 비슷해서 두꺼운 판자는 적의 화살을 막기 쉽고 배 속에선 자유로이 포를 쏠 수 있었고 뱃머리로 적선을 들이받았다."라고 기술하고 있다.

　　현재 알려진 거북선은 정조 19년(1795)에 편찬된 『이충무공전서(李忠武公全書)』 14권에 실려 있는 두 가지 형태의 그림으로, 선조 때부터 2백 년이 지난 후의 것이 된다. 당시의 문서를 토대로 재구성해 그린 그림으로 실전에 쓰인 배와는 거리가 있는 것으로 봐야 한다. 당시의 왜군 측 기록에 의하면 거북선을 메꾸라부네(盲人船), 즉 장님배라 불렀으니 머리와 눈이 어디 있는지 알 수가 없었다는 뜻이 된다. 지금 그림이나 동상으로 제작된 거북선은 기다란 용두를 빳빳이 쳐든 형상인데 이건 미화(美化)엔 도움이 되나 맹충이란 돌격선이 앞이 뾰족해서 적선을 들이받아 구멍을 냈듯이 거북선의 앞부분도 적선격파용이므로 용두가 쳐들어진 형태였다면 적과 충돌시 금세 부러졌을 것이고 도대체 그 좁은 목 부분에서 포나 화전을 어떻게 쏘았겠는가? 용두건 귀면이건 간에 무쇠나 주물로 된 것이 몸체에 바싹 붙어 있어야 가능하다. 우리에게 현재 알려진 목을 빳빳이 쳐든 거북선의 형상을 근착 일본 책자에도 그대로 답습하고 있음은 곤란하다. 조금씩 틀려 가던 것이 종국엔 터무니없는 과오로 굳어질 수도 있다.

아무튼 러일전쟁 때 러시아 함대를 섬멸시킨 일본의 도고 헤이하치로(東鄕平八郎) 원수는 생전에 "나는 나폴레옹 함대를 격파한 넬슨 제독에 비교될 수는 있어도 이순신에게는 비교될 수도 없이 부족하다."고 술회할 만큼 이순신은 고결한 인격자요 불세출(不世出)의 수군사령관이었음이 분명하다.

쌩큐 미스터 슬라브

현재 통계상 세계에 분포돼 있는 슬라브인의 수효는 약 2억 6천만 명 정도이다. 이들은 크게 세 그룹으로 나누어지며 러시아인, 우크라이나인, 벨로루시인으로 구성된 동(東)슬라브족과 폴란드인, 체코인의 서(西)슬라브족, 그리고 불가리아인, 세르비아인, 마케도니아인의 남(南)슬라브족이다. 먼 옛날엔 슬라브인과 발트인의 조상은 주로 흑해 북부로부터 동쪽 카스피해(海) 일대에 몰려 살고 있었다.

그런데 슬라브족의 슬라브는 '노예'란 뜻과 어원이 같다. 중세 라틴어의 sclavus 또는 slavus가 그것이다. 노예시장과 노예 경매가 공공연히 벌어졌을 때 팔려 나온 사람들의 과반수가 슬라브족이었기에 노예와 동의어가 돼 버린 것이다. 슬라브족들은 이런 명칭 바꾸기 운동부터 벌여야 될 것 같다. 물론 중국, 한국, 일본 등지에선 예부터 양반댁이나(일본은 사족) 부농에선 많은 노비를 써 왔고 고대 이집트에서 피라미드를 건조하는 데 쓰인 인부나, 진시황이 만리장성 축조를 위해 동원된 백성들은 한시적인 노력 동원, 즉 징용된 사람들이니 일괄적으로 노예로 볼 수는 없다.

중세의 스페인은 포르투갈령이 된 '브라질'을 제외한 미국 신대륙의 대부분을 손아귀에 넣었고 멕시코, 페루 등지에서 대량의 금, 은을 채굴했을 뿐 아니라 담배, 면화, 커피 등의 대농장에선 현지 인디오들을 노예같이 부려 먹었고 이들에 대한 위생시설과 식사는 극히 조악한 것이어서 사망률이 상당히 높았었다. 그러므로 16세기 중반 때엔 '쿠바'나 '자메이카' 등의 섬에서는 인디오가 거의 전멸되다시피 했다고 기록에 나와 있다. 이러한 노예 수효의 감소를 보충키 위해 아프리카에서 흑인 노예들을 대량으로 수입(?)하기에 이르렀다. 이때 선박으로 수송하는 과정에서 노예들을 숨 막히게 태운데다 위생시설이 나빠 병으로 인한 사망률이 높았고, 죽은 자는 그 즉시즉시 바다에 내던져 버림으로써 몇 달 후에 현지에 도착하고 보면 몇 분의 일이 줄어들어 있곤 했었다.

스페인의 눈치를 봐 가며 아프리카의 흑인 노예를 대량으로 미국에 수출하던 영국의 노예 상인과 엘리자베스 1세의 비호 아래 해적 행위를 해 오던 영국의 무장 상선 등에 위협을 느낀 스페인은 1588년에 130척의 '무적함대'로 영국을 제압하려 했으나 도리어 격파됨으로써 세계의 해상권은 영국으로 넘어가게 된다. 영국의 항구 도시 리버풀에는 1770년도엔 노예무역선이 96척이었다가 1792년엔 132척으로 늘어났다. 또 인도와 북미에서 노예들의 노력의 결실인 면화를 헐값에 들여와 종전까지 수공업에 의한 방직업을 기계화시키고 부녀자나 어린이를 싼 임금으로 고용함으로써 산업혁명을 일으켜 영국은 '세계의 공장'이며 '19세기는 영국의 세기'란 소리를 듣게 된다. 반면 인도에서의 직물 산업도시는 여지없이 붕괴되었으며 직조공들의 무더기 아사 사태를 유발케 했다. 당시의 인도 총독이었던 벤팅크는 본국에 이렇게 보고를 했다. "그 참상은 경제사상 미증유(未曾有)의 것입니다. 목면 직공들의 뼈다귀는 인도의 뜰을 백색으로 물들이고 있습니다."

한편 아메리카 신대륙에선 백인, 인디오, 흑인간의 피가 섞이고 섞여서 라틴아메리카는 복잡한 인종 구성을 이루게 되었다. 또 북아메리카 동쪽에 위치한 영국의 식민지는 1607년에

개척된 버지니아의 제임스타운이었고 이곳에서 1619년 미국 대륙 최초의 의회가 열렸다. 상원(上院) 여섯 명, 하원(下院) 20명으로 구성된 양원제(兩院制)로 식민지 자치제도를 이끌어 가게 되었고 이때에 최초로 20명의 흑인 노예를 네덜란드의 노예 상인으로부터 돈을 주고 사들였던 것이다. 이때부터 미국 식민지에선 자유와 자치에 의한 민주주의 정신이 싹텄고 급기야 독립전쟁으로 이어져 영국으로부터 독립을 쟁취한 것이다. 민주주의의 근간이 되는 의회의 설립과 노예의 수입이란 두 가지의 커다란 모순이 양립되었던 것이다. 말하자면 흑인 노예와 아메리칸 인디언에 대한 박해를 인정하면서 백인 이주자(移住者)만을 위해 만들어진 최초의 이상주의였던 것이다.

1521년경부터 스페인 사람들은 인디오 노예로 하여금 중남미 도처에서 금·은을 채굴하게 하여 연간 2백 톤의 은을 스페인으로 건너가게 했다. 그때까지 은 산지는 독일 남부에 있던 광산 정도뿐이어서 연산(年産) 30톤밖에 되지 않았었다.

이때부터 유럽에선 은의 가치는 폭락했고 물가는 폭등을 했다. 이것을 유럽에선 '가격혁명'이라 부른다. 이런 과정이 있었다손 치더라도 유럽은 점차 살이 쪄 갔다. 1521년부터 1660년 사이에 신대륙으로부터 유럽으로 건너간 금은 공식적으로 2백 톤, 은은 만 8천 톤에 이르렀다. 약 140년간의 노예 착취가 유럽 산업자본주의의 발달로 이어졌던 것이다.

16세기부터 유럽인에 의해 아프리카 대륙으로부터 신대륙으로 건너간 흑인 노예는 약 960만 명으로 추산된다. 이는 어디까지나 신대륙에 안착한 노예의 수효이니만큼 여기다 엄청난 사망자 수를 가산해야 될 것이다. 게다가 현지 인디오의 노예 수효 또한 수천만 명에 이를 것이니 '발전하는 유럽'과 '늦어진 아시아, 아프리카'로 세계사가 전개돼 간 근원은 실로 노예 노동의 활성화 여부에 달렸던 것으로 볼 수도 있다.

애초에 인디오들은 왜 극소수의 스페인들에게 굴복했을까? 말할 것도 없이 스페인 사람들이 들고 간 총포 앞에 인디오들의 활과 창은 대결의 상대가 될 수 없었기 때문이다. 말하자면 우수한 무기가 세계를 지배해 온 역사는 예나 지금이나 다를 바가 없다. 사람들은 정치가들에게 막대한 자금을 대 주고 있는 전쟁상인들을 워 몽거(War Monger : 전쟁도발자)라고 부르며 천시하고 있지만 그들은 마약 밀매업자나 밀수업자 못지않게 검은 힘을 갖춘 채 도사리고 있다. 물론 적을 물리치는 원동력을 제공하는 애국자란 탈을 쓰고 있지만……. 현대에는 어느 나라이건 간에 노예제도나 식민지의 혜택을 입을 수 없다. 따라서 동서양이 동등한 입지적 조건과 행정조건을 지닌 상태이니만큼 부귀의 패권은 동양 쪽으로 넘어올 가능성이 높다. 유럽인들은

그들을 부유하게 만들어 준 노예들에게 감사의 표시로 이제라
도 늦지 않았으니 노예의 동상을 유럽 각지에 세워 줘야 하지
않을까?

라이벌의 목[首] 사진

프랑스 혁명 당시 참수형의 도구로 쓰인 '기요틴'은 J. I. 기요탱'이란 의사가 발명한 것으로 1793년부터 왕비 마리 앙트와네트와 로베스피에르 등 수많은 명사들이 이 단두대의 이슬로 사라졌기에 더욱 유명해진 사형기구였다. 나중에 기요탱도 기요틴으로 참수된 것으로 알려졌으나 근래에 이르러 이 얘기는 근거가 없는 것으로 밝혀졌다.

그럼 왜 이런 소문이 난 것일까? 아마도 이 단두대에 의해 목숨을 잃은 이들의 유족이나 친지들에겐 이 단두대 자체가 원한의 대상이 되었고 급기야는 이런 기구를 만든 이도 이걸로 처형됐으면 하는 희망사항이 사실같이 알려졌던 것 같다.

그런데 기요틴과는 달리 자신이 만든 법률과 처형방식에 의해 자신이 그대로 적용된 사실이 일본에선 실제로 있었다. 명치유신이라고 하면 도쿠가와 막부시대에 종지부를 찍고 천황을 받들고 새로운 정치체제로 전환된 개혁시기를 말하는데, 여기의 공신들 사이엔 자연히 파벌이 형성되었고 소위 정한론(征韓論)과 비정한론의 양대 계파가 격돌하여 정한론의 '사이고(西鄉隆盛)'파가 패배하자 이 계파 속의 또 하나의 거물 '에토 신페이(江藤新平)'는 격분, 관직을 내버리고 고향인 사가(佐賀)로 내려가 버렸다.

이때의 승자는 오오쿠보 도시미치(大久保利通)로 삼권분립, 외교의 강화와 세금 체제의 확립, 동경 천도 등 대과업을 이룬 '사이고'와 더불어 명치유신의 양대산맥이었으나 '비정한론'파의 거두로 옛 동지와 정면충돌을 했던 것이다. 문자(文字)로 보아 '정한론'은 한국을 정복하자는 글귀로 보이고 '비정한론'은 한국을 정복하지 말자는 뜻으로 보이나 그 근본 취지는 똑같다. 다만 '정한론'은 한국을 포함 대륙을 경영(정복)해서 국위를 내외에 떨친 후 새 문물제도의 완성을 이루자는 것이고, '비정한론'은 내치(內治)의 개선으로 먼저 문물제도를 완벽하게 갖춘 뒤에 해외발전책으로 이어 가자는 그 실행 방법만이 달랐을 뿐이다.

'에토'는 명치 5년(1872)에 사법경(법무대신격)이 되어 국헌의 제정, 사법권의 독립, 민·형사소송법 등을 제정하는 데 진력, 문자 그대로 사법제도의 대부(代父)로 볼 수 있다. 또 경찰제도의 재정비에도 진력, 범인의 사진을 대량살포해서 공개수사를 하는 방법을 도입하기도 했다.

이런 '에토'가 1873년 고향에 내려가자 명치정부에 불만을 품고 있던 사족들이 몰려와 거대한 집단이 되어 정부와 정면 대결하게 되었다. '에토'가 낙향하기 전부터 불평불만에 가득 찬 사족들이 반란을 도모하는 등 불온한 분위기에 싸여 있던 차에 '에토'가 내려가자 졸지에 그를 반란의 주동자로 몰아세웠던 것이다.

여기에 대해 '사이고'와 '에토'를 끔찍이(?) 증오하던 '오오쿠보'가 그들을 더욱 무거운 죄수로 만들기 위해 코너로 몰아넣었다는 설도 있다. 이 속설을 뒷받침하듯 몇 해 후엔 '사이고'도 고향에 내려가 젊은 사족 수만 명에 받들어져서 대대적인 반란을 일으켰다가 패배하자 1877년에 자신의 고향 근처인 시로야마(城山)에서 자살했다.

도쿠가와 이에야스도 일본 전체를 손아귀에 넣게 되자 전국에 깔려 있는 수십만 명의 불평불만 사무라이들로 하여금 도

요토미 히데요시의 아들 히데요리의 근거지인 대판성에 몰려들게 해서 두 번의 전쟁으로 전멸케 하는 수법과 유사하다.

'에토'도 반란의 결과를 예측 못 했을 리 없으련만 혈기왕성한 젊은 사무라이들을 설득하지 못한 채 반란의 주모자로 모셔졌던 것이다. 이에 대해 '오오쿠보'는 즉시 '에토'를 국사범(國事犯)으로 몰아 그의 사진을 대량으로 인쇄해서 지명수배를 했고 반란이 진압되어 그를 잡자마자 최고의 형벌인 효수(梟首)형을 내렸던 것이다. 즉 그 자신이 제정한 형법에 의해 벌을 받게 되었을 뿐 아니라 그가 제정한 최악의 형을 받았던 것이다.

임시재판소에서 재판장의 '효수형 언도'가 낭독되자마자 '에토'는 격분해서 벌떡 일어섰으나 즉시 억센 관리들에 의해 포위되어 퇴정당하고 만다. 자신이 만든 지명수배 방법에 의해 자신이 지명수배를 당했을 뿐 아니라, 그가 처형되고 잘려진 목이 나무판때기에 올려져 길거리에 효수되자 누군가에 의해 이 험악한 모습이 사진으로 찍혀 전국에 팔려 나가기도 했다. 처음엔 각 경찰서와 재판소에 배부된 것이 상품화까지 됐던 것이다. 일설에 의하면 이 역시 '오오쿠보'의 지시에 의했던 것으로 알려지기도 했다. 이 정도로 라이벌을 미워했다는 점을 볼 때에 단순히 이념상의 갈등에 의한 것뿐이었을까 하는 의문이 들기도 한다.

'에토'가 처형된 것이 1874년이고 '사이고'가 자살한 것이 1877년이었는데, '오오쿠보' 자신도 1878년 5월에 마차를 타고 관청으로 등청하던 길가에서 불평분자 사족들에 의해 암살당하고 말았다. 이때의 암살자는 시마다(島田一郞) 외 다섯 명으로 스스로 자수를 했다. '오오쿠보' 최대의 라이벌 두 명이 죽은 지 불과 몇 해를 넘기지 못하고 스스로도 당했던 것이다.

묵자(墨子)와 땅굴

중국의 공자와 맹자는 중국 사상지성(史上至聖)의 인물로 잘 알려져 있지만 묵자(墨子)란 사상가와 그 교단이 있었고 또한 전투교관 집단이었다는 사실에 대해선 잘 알려져 있지 않다. 한비자(韓非子, 기원전 228~233)도 "세상의 현학(顯學)은 유묵(儒墨)이다."라고 나란히 불렀으니 당시의 학파적인 영향이 어느 정도였는지 짐작이 가지 않는가?

이렇듯 세력을 지녔던 학파가 수수께끼의 학파로 그늘 속에 파묻히고 만 이유는 한나라 무제 때 동중서(董仲舒)에 의해 유학이 한나라의 정식 관학(官學 : 조정의 학문)이 되고 나서부터

였다. 공자(기원전 552~479)와 맹자는 고대의 성현의 길을 배우되 각국을 돌며 왕공(王公)들에게 도(道)를 가르쳐 왔다. 그러나 묵자는 "유가는 귀신의 존재를 믿지 않으면서 죽은 자를 후히 장사 지내기를 강조하며 제사 지내는 예법을 가르치는 것은 자가당착……."이라고 냉소한다.

묵자는 죽은 자에 대해 절장(節葬 : 검소하게 묻음)을 하라고 주장했다. 가령 병마용(兵馬俑)을 곁들인 진시황의 광대한 능묘를 보자. 당시 백성들의 고혈과 생명의 희생을 바탕으로 만들어진 것이니 다른 영주들 묘지도 어떤 것인지 불문가지다. 여기서 묵자는 누구나 절장을 하라고 설파했다. 또 묵자는 "남의 몸을 내 몸같이 하고 남의 집을 내 집같이 하고 남의 나라를 내 나라 보듯 하라." 하고 "내 나라와 남의 나라를 차별하는 차별애(差別愛)야말로 전쟁의 원인이 된다……."고 주장했다. 또 "남의 나라를 공략하고 많은 사람을 죽이는 걸 의(義)라 부르고 정당화해서는 안 되며 하늘의 의지에 따라 천하(天下)의 모든 사람은 상애(相愛, 또는 겸애兼愛)를 터득하라."고 했다.

묵자(묵적墨翟이란 설도 있음)란 사상가의 활약 시기는 기원전 5세기경으로 대부(大夫)였다고 사마천은 말하고 있다. 그 묵자 이후의 계승자로 최고의 지도자는 거자(巨子, 또는 鉅子)라 부르며 그 신도들은 묵자(墨者)라고 불렀다. 그런데 이들은 단순

148

한 학파나 교단이 아니라 탁월한 전투수행 집단이기도 했다. 이들의 교리에 따라 남을 침략·점령하자는 게 아니라 강자가 약자를 공격할 때 약자가 구원을 요청하면 이들은 몇 명에서부터 수십 명이 파견되어 군사고문관이 되어 능히 대군(大軍)을 막아 냈다는 기록이 단편적으로 여기저기에 남아 있다. 자연히 작은 성 속에서 대군을 맞이해 수성(守城, 또는 농성籠城)을 하게 되는데 그 방법이 2천5백 년 전으로 보기에는 믿기 어려울 정도로 과학적이었다고 한다.

예컨대 양(梁)이란 작은 나라 성은 천5백 명의 군사가 지키고 있는데 조(趙)나라 군사 2만 명이 공격을 했다. 2~3일에 함락될 듯 보이던 것이 양년간(兩年間)에 걸쳐 까딱없이 지켜 냄으로써 조군에게 막대한 피해를 주었다. 그 군사(軍師) 역할은 묵자(墨者)들이 해냈다는 따위가 그것이다. 예를 들면 사방 10리밖에 안 되는 작은 성인데 성 밖 3백 리에 걸쳐 땔감과 목재는 모조리 성안에 옮겨다 놓아 장기전에 대비, 적을 추위와 굶주림에 떨게 한다든지, 죽은 자의 시신은 종전 후에 장사 지내기로 연기해 두어 비상식량으로 대비한다든지, 성 밖에다 싸리를 엮어 흙을 발라 만든 급조 성벽을 한 겹 더 둘러치고 적이 외벽을 허물고 침입하면 대마(大麻)를 3미터 정도로 엮어 만든 그물에다 불을 붙여 떨어뜨림으로써 적군을 태워 죽이기도 했다. 결국

적군이 땅굴을 파서 성내로 침입하려고 하자, 묵자(墨者)는 성
벽 옆에다 10보 간격으로 나란히 땅을 판 후 빈 독을 묻고 독 위
엔 한지나 가죽으로 막을 씌워 군사들로 하여금 땅굴 파는 방향
을 소리로 탐지케 하는 지청(地聽)법을 쓰게 했다. 그래서 적의
땅굴 방향을 알게 되면 이쪽에서도 세 군데로 땅굴을 파고들어
가 한 군데선 땅굴 크기의 판때기에 구멍을 송송 뚫고 거기다
창을 내밀어 적을 찌르고, 또 한쪽 구멍에선 산딸기를 태워 연
기를 뿜고 또 한 군데선 인분을 처넣는 등 가지가지의 기략(奇
略)으로 적군을 교란시켰다고 한다.

　또한 연을 최초로 만든 것도 묵자(墨者)였다. 다급한 전령이
나 소식을 연에다 묶어 날려서 자기편에 알리는 군용통신 수단
이었던 것이다. 이것이 나중에 어린이들의 놀이도구로 변질된
것이 오늘날의 연이 된다. 지금도 자신의 설(說)을 굽히지 않고
주장하는 걸 '묵수(墨守)'라고 부르는데 이것은 묵자(墨者)의 수
성 전략의 고사(故事)에 의한 것이다.

　일본에서도 전국시대 때 고후(甲府)란 곳에 도읍을 둔 다케
다신겐(武田信玄)이란 영주는 금광을 갖고 있었는데 금광 채굴
의 기술자들로 하여금 '지네부대'를 결성, 적의 성을 포위 공격
할 때 땅굴을 파고들어 가 성곽 속에 있는 우물 밑바닥에 굴을
연결시켜 물을 몽땅 성 밖으로 빠져나오게 해서 적군을 기갈 상

태로 몰아넣어 함락시키는 전법을 썼다.

　또 60년대에 베트남에서는 베트남해방전선 게릴라와 인민들이 30년간에 걸쳐 수백 킬로미터의 지하땅굴도시를 건설해 미 공군 B52폭격기의 융단폭격과 고엽제 살포작전을 막아 냄으로써 승리를 이끌어 냈었다. 베트남의 토질은 석회질과 진흙으로 땅을 파기에 쉬웠고, 석회질은 공기에 닿는 순간 돌같이 굳어져 ㄴ자형과 ㄷ자형의 지하 3층으로 얼기설기 얽혀 있어서 지상에서의 화염방사기와 가스 주입과 물 퍼넣기 등 온갖 파괴공작에도 끄덕도 하지 않았던 것이다. 베트남의 구치(CUCHI) 터널과 밀림 속 도처에 깔려 있는 함정은 미군으로 하여금 지옥 그외의 아무것도 아니게끔 사기를 떨어뜨렸던 것이다. 그 기본은 중국 한나라 무제 때를 시작으로 프랑스, 일본, 미국으로 이어지는 외세의 압박에 대항하고자 하는 베트남 인민의 저항정신에서 비롯되었다는 점은 새삼 말할 나위도 없다.

총리대신은 회충병(蛔蟲病) 와병 중

한국에 최초로 병원이 설립된 것은 1877년 일본 해군에 의해 부산에 개설된 제생(濟生)의원으로 알려져 있다. 이어 고종 22년(1885) 2월에 미국인 선교사요 의사인 H. N. 알렌에 의해 설립된 광혜원(廣惠院, 후에 제중원濟衆院으로 개칭)으로 의학교육도 실시했다. 1879년 12월엔 지석영(池錫永)이 제생의원에서 종두(種痘)를 실시했고, 1899년 3월에 그는 칙명(勅命)으로 정삼품 통정대부(正三品通政大夫)가 되어 관립의학교 교장으로 임명되었다. 광혜원은 일제하 시절에 경성제국대학 부속병원이었다가 현재는 서울대병원 박물관이 되었다.

서울보다 부산에 먼저 근대시설이 설치된 것은 일본 거류민들이 많았고 일본과 거리가 가까웠기 때문이었을 것 같다. 재한(在韓) 일본 우편국도 1877년에 부산에 먼저 개설되었고 이어서 원산, 인천, 한성에 우편국이 들어섰는데 우리나라는 1844년에 겨우 한성과 인천에 우체사(우체국)가 들어섰다.

1897년 스즈키(鈴木)란 일본 해군 군의관은 서울 공사관에 있다가 명치정(明治町, 지금의 명동)에 있던 한성병원이란 일본인 개인병원을 부랴부랴 해군 군령부(軍令部) 명의로 사들여서 확장을 했다. 이건 러일전쟁을 앞두고 국제적인 세력 확장의 일환으로 정책적인 것이었다. 그 당시 러시아는 마산에 해군용 석탄저장고와 러시아 해군병원을 짓기 위해 한국정부 내의 친러파와 교섭 중이었다. 이걸 탐지한 일본 영사관은 재빨리 부산에 있던 거상(巨商)으로 하여금 개인 명의로 마산의 넓은 지역을 사들였고, 러시아의 계획은 이로 말미암아 수포로 돌아가 버렸다. 일본은 이미 일영(日 · 英)동맹을 맺은 바 있고 러시아는 프랑스와 동맹을 맺고 한국의 요충지를 조차(租借)하고자 혈안이 돼 있었다.

또 병원 확장도 러일전쟁에 대비한 것이었으나 한국의 민심을 자기편으로 끌어들이고자 하는 목적도 있었다. 특히 정부의 요로와 대신들을 회유코자 부심했기에 러공사관에 파견근무

중이던 러시아 육군중령 군의관과 일본 해군 군의관 사이에 한 국인 고관 환자 쟁탈전이 치열했었다. 한국 고관이 병들었다 하면 즉시 러시아 쪽에서 와 달라고 통보를 했고, 일본 군의관 와다(和田)는 직접 의료가방을 들고 자전거로 달려갔었다. 이 당시 와다의 회고록을 보면 일소(一笑)에 부쳐 버리기엔 아까운, 음미해 볼 만한 에피소드들이 많다.

1903년 5월 말에 친러파의 거두요, 탁지부 전환국장이면서 황실재산 관리인으로 고종의 신임이 두터웠던 이용익(李容翊, 후에 보성학원 설립)이 급성중이염을 앓았는데 이 병은 일주일간 한잠도 잘 수 없을 정도로 통증이 심한 병이었다. 하야시(林) 일본공사의 전화를 받고 오다가 통역관을 데리고 달려가 보니 현관엔 미국인 의사가 대기하고 있었으나 이용익이 만나 주지 않는다고 난감해하고 있었다. 이 의사는 에비슨(또는 알렌)으로 전해지고 있다. 와다는 "나는 공사(公使)의 명령으로 왔다."면서 억지로 비서를 밀치고 들어가 "어느 쪽 귀요?"라면서 한쪽 귀를 잡아당기자 환부가 터져서 고름이 흘러나왔다. 그 순간부터 그토록 심하던 통증이 씻은 듯 없어져 이용익은 와다를 붙들고 "과연 선생은 천하의 명의십니다."라고 고마워하며 어쩔 줄을 몰라했고 이 소문은 삽시간에 궁중으로 퍼져 나갔다. 와다의 말로는 자신이 일분만 늦었어도 환부가 자연히 터졌을 터인데 우

연히 귀를 당기는 순간에 파열이 돼 하늘의 도움을 받았다고 회고하고 있다.

1904년 가을엔 총리대신 겸 외무대신인 박제순(朴齊純)이 대한문 앞쪽을 지나가는데(차를 탄 듯) 돌연히 대문 앞 초병이 대신에게 장총을 들어 겨누자 혼비백산 일본 공사관으로 달려가 "제발 당분간 숨겨 달라."고 간청을 했고 하야시 공사는 한성병원에다 박 대신을 당분간 맡아 달라고 전화를 했다. 이를 거절할 수 없어서 와다는 대신을 맞아들였는데 환자도 아닌 사람을 어떻게 입원시키나 고심을 하다 대변검사를 해 본 결과 회충알[卵]이 검출되어 '회충병 환자'란 병명으로 입원을 시켰다. 한나라의 대신이 일개 외국인 병원에 피신하다니? 의아해하겠으나 당시는 사대당과 개화당의 혈투에 이어 러시아, 청나라, 일본 세력의 대결 마당이 된 한성에서 1896년엔 명성황후(明成皇后) 참살사건뿐 아니라 친일내각 김홍집(金弘集)의 영의정이 광화문에서 군중에 포위돼 타살을 당하는 등 국내 치안은 엉망이었던 터였기 때문이다.

또 1906년 2월 16일 밤엔 자객 몇 명이 군부대신 이근택(李根澤)의 집에 침입하여 칼과 창으로 이근택 대신을 난자, 중상을 입히고 달아난 사건이 일어났다. 급거 한성병원에서 입원 치료를 받았고 거의 절망적 상태에서 한 고비를 넘기고 기적적으로 살아났다. 이에 감격한 고종(高宗)은 칙사를 보내 어떤 훈장이라도 주고 싶으니 말해 달라는 어의(御意)를 하달했다. 이에 대해 와다가 "2등 태극장을 주시면 감사하겠습니다."라고 대답을 했는데 아무리 기다려도 기별이 없기에 외무부를 통해 알아본즉 이하영(李夏榮) 외부대신은 지금 2등 훈장은 만들어진 게 없으니 만들어질 때까지 자기가 받아 둔 '1등 태극장'을 대여해 줄 테니 갖고 있다 돌려달라는 전갈이 왔다.

이에 와다는 그 훈장은 통감의 손을 통해 받고 싶다고 말했고 며칠 후 통감부에서 연락이 와 하세가와(長谷川) 대장으로부터 대여훈장을 받아 왔노라 하고 술회하고 있다.

마치 만화의 한 토막이나 코미디 단막극을 보는 것같이 어이가 없다. 치안도 정치체제도 난마같이 흐트러져 있던 당시의 상황이 훤히 보이는 것 같다. 이러니 나라가 보존됐을 리가 없다. 박제순과 이근택은 을사오적(乙巳五賊) 속에 들어가는 인물들이다. 우리나라가 외국의 침략에 버티지 못한 요인은 외국의 야욕에 앞서서 우리들 스스로의 국론 분열에 있었던 것이다.*

* 이 글은 1869년에 일본 가고시마(鹿兒島)에서 태어나 의학을 전공했고 청·일, 러·일전쟁에 종군했다가 독일 로스토크대학에서 박사 학위를 취득, 서울 명동에서 외과의원을 개업했던 와다 야치호(和田八千穗) 박사의 회고록에 바탕을 둔 것이다.

연꽃은 진흙탕서 피고

구마라집(鳩摩羅什, 344~409)은 불교를 중국에 퍼뜨린 불교의 대공로자인데 고승은 아니고 파계승이었다. 아니 파계승 정도가 아니라 탕아로 보는 시각조차 있다. 그러나 만약에 라집이 없었다면 중국에 과연 불교가 정착했을까라는 의문을 던지는 식자들도 있다.

중국에서 조조, 손권, 유비의 삼국시대가 끝나고 진(晉)에 의해 통일은 되었으나 내부 분열로 동족간의 난리(팔왕八王의 난)가 16년간이나 지속되자 급기야 흉노계(系)와 티베트계의 이민족에 의해 수도 낙양(洛陽)이 점령된다. 진의 왕족 한 사람이 남경으로 도망쳐서 원제(元帝)라 부르면서 화남지방을 다스리게 되니 이것을 동진(東晉)이라 부르고, 화북지방은 이 민족인 오호(五胡)에 의해 다스려지니 이를 5호 16개국이라 불렀다.

이때에 전진(前秦)의 왕 부견(符堅)이 일어나 작은 나라들을 멸망시키고 동진과의 충돌이 불가피하게 된다. 이렇듯이 중국 전체가 혼란 속에 빠지게 된 원인 중에는 지나친 예의범절과 유교에 의한 속박에서 벗어나자는 노·장자(老·莊子) 사상에 뿌리를 둔 청담(淸談)과 시작(詩作)과 음악에 몰입한 죽림칠현(竹林七賢)을 모든 식자층이 본받은 데에 기인하기도 한다.

즉 '진리란 고정된 것이 아니며 세상엔 절대적이란 것은 없다.'란 노자의 무위자연론(無爲自然論)과 장자의 '공자도 당신네도 모두가 꿈을 꾸고 있는 것, 꿈이라고 말하는 나 자신도 꿈을 보고 잊는 것'이라고 하는, 인생은 꿈 같은 것이란 주장에 바탕을 둔 것이기도 하다. 이때에 왕의지(王羲之) 같은 서법가와 두예(杜預, 칠현의 한 사람) 같은 대학자들이 나오지만 불교에서의 공(空)의 사상, 윤회(輪廻)의 사상, 과거·현재·미래의 사상같이 깊이가 있는 사상은 뿌리를 내리지 못하고 있었던 것이다.

이때에 한 세기에 한두 사람 나올까 말까 한 대천재가 나왔으니 그가 바로 라집이었던 것이다. 아버지는 인도인이요 어머니는 신강성의 한 작은 나라 왕의 여동생이었다. 그는 7세 때 하루에 경전(經典)을 3만 2천 자를 암기했다고 하니 가히 어느 정도의 천재였나 짐작이 간다. 처음엔 소승불교를 배웠다가 나중에 대승불교의 스님이 된다.

소승의 경우는 출가한 자만이 구원을 받는다는 폐쇄적이요 독선적인 불교라 깨달았던 것이다. 어머니가 그를 데리고 월씨국(月氏國)에 갔을 때 아라한(阿羅漢 : 소승불교의 성자)이 라집을 보고 '이 애가 35세 때까지 파계를 안 하면 수많은 사람들을 구원하는 고승이 될 것이요, 파계를 하면 단순히 재능이 출중한 법사(法師)밖에 안 될 것'이라고 예언을 했었다.

그러나 그는 30세가 넘자 파계해 버린다.

소승불교는 그 계율에 구속되지만 대승불교는 계율에 구애되지 않기 때문이었을 것 같다.

그 당시 호북성에는 도안(道安)이란 고승이 있었고 전진 왕 부견이 그를 장안(長安)에 모셔 갔었는데 이때에 장안은 부견에게 라집을 초청하기를 간곡히 권했었다. 부견은 여광(呂光)이란 장군에게 군사를 주어 라집을 모셔 오려 했었다. 그러나 구자국(龜玆國)은 여광의 군사에 대항해 싸우다 대패해서 국왕은 죽음을 당한다. 여광은 라집을 보고 그가 너무나 젊은 데 대해 의

162

구심을 품고 한 가지 실험을 해 본다. 라집을 미주(美酒)로 만취시킨 뒤 그 방에 구자국의 왕녀(王女)를 집어넣고 동침을 강권한 것이다.

이럴 때 우리나라의 전설 같으면 어떤 경우를 당하더라도 여인을 범하지 않은 위대한 스님으로 전해져 내려왔을 것이다. 그러나 이때에 라집은 당당하게(?) 파계를 한 것으로 알려져 있다.

이런 와중에서 장안에 있던 부견은 암살을 당하고 후진국(後晉國)시대가 열린다. 부견은 여광의 보호 아래 양주(涼州)란 곳에서 17년간을 지낸 후 다시금 후진국에 의해 장안으로 모셔져 가게 된다. 나라에선 라집을 위해 서명각(西名閣)이란 건물을 짓고 이곳을 역경소(譯經所 : 경전을 번역하는 곳)로 삼아 학자, 스님, 조수 등 수백 명의 번역팀을 구성해서 불전(佛典)의 번역에 착수한다. 여기에서 라집의 탁월한 두뇌는 십분 발휘된다.

『대품반야경』, 『금강반야경』, 『묘법연화경』, 『아미타경』 등 35부 294권(이 점은 정확치 않음)이 완간되어 이때부터 중국의 지식인들은 불교의 교리에 몰입되기 시작한 것이다. 불교의 교리 속엔 '말에 구애되지 말라.' 란 것이 있다. 즉 말을 초월해야만 석가의 참뜻을 이해할 수 있다는 것이다. 중국은 '문자(文字)의 나라' 이며 중국인은 문학적 민족이기에 만약에 경전을 엉성하게 번역했다면 아예 읽히지 않았을지도 모른다. 이 번역에 있어서 라집은 탁월한 문장력과 문학적 향기로 모든 중국인을 매료시켰던 것이다.

그런데 이렇듯 찬란한 연구와 업적과는 달리 그의 사생활은 상당히 문란했었다. 본인의 요구에 의한 것인지 왕의 일방적인 제의에 의한 것인지는 지금으로썬 알 길이 없으나 그는 스님이 기거하는 승방이 아닌 공무원 관사를 빌려 사저로 쓰면서 왕이 제공한 기녀(妓女) 열 명을 함께 데리고 황제같이 살았던 것이다. 그리고 서명각엔 출근을 하며 일을 했다. 그는 입버릇처럼 제자들에게 "악취가 나는 진흙탕 속에서 연꽃은 피지 않는가. 그러니 연꽃을 꺾어서 지니되 냄새나는 진흙을 뜨진 말라." 라고 했었다. 말하자면 연꽃은 진창 속에 피는 고로 제군은 내 번역물인 연꽃만 따면 되는 것이지 내 사생활인 진창은 버려 달라란 당부를 했던 것이다.

그러나 자신의 번역물에는 절대적인 자신감을 지니고 있었다. 서기 409년 8월 20일 임종 때 그는 이런 말을 했다고 한다. "만약 내가 번역한 것 중에 오역이 없다면 내가 화장될 때 내 혀〔舌〕만 타지 않을 것이다."라고 했고 실제 재 속엔 혀만 남아 있었다는 전설이 있다.

신이 아닌 한 인간에겐 강한 데도 있고 약한 데도 있다. 현실의 인간을 필요 이상으로 이상화하고 찬미하다 보면 오히려 그 사람의 위대함을 알 수 없게 되는 경우가 있다. 지나치게 찬양받는 사람들은 우리나라에도 더러 있지 않은가?

괴석(怪石) 속의 말

　　30여 년 전의 일이다. 그 당시 나는 우표수집에 열을 올리고 있었다. 국내 우표를 한 벌 채우고 나니까 구한국시대 우표가 붙은 봉투를 수집하게 되고 국제전에도 출품해서 입상하는 등 그야말로 물불 안 가리고 수집을 하곤 했었다. 그러다 보니 외국에 갔다가 주소 불명으로 되돌아온 반송우편물도 수집대상으로 삼기도 했었다. 말하자면 그 희귀도와 가치성을 초월해서 수집을 하던 때였었다.

　　하루는 회사 광고부에 들렀다가 우연히 국내에서 주소 불명으로 반송돼 온 편지봉투 한 통이 눈에 띄었다. 그런데 주소 불명으로 원래의 발송인 주소로 되돌린다는 손가락 표시 고무인이 찍혀 있었다. 이 표시는 원래가 외국과의 교신에서 찍는 것인데 국내 우편물에 잘못 찍은 것이었다. 우표에서는 잘못 인쇄된 우표가 정상 우표보다 오히려 에러 우표로 가치가 나가지만 이런 봉투의 경우 가치성은 거의 없다. 왜냐하면 일부러 주소 불명 편지를 보냈다가 되돌아오게 만들고 그 우체국 직원에게 부탁해서 손가락 고무인을 찍는다면 얼마든지 복제가 가능하기 때문이다. 그러나 내게는 우편 연구에 참고가 되는 것이므로 그 봉투가 필요하기에 광고부의 담당직원에게 그 봉투를 줄 수 없느냐고 부탁을 했었다. 그는 알겠다며 장부에 기입하고 나서 주겠노라 하는 것이었다. 그러고 나서 나는 그걸 달라고 연 사흘간에 걸쳐 매일같이 말을 했으나 그는 연신 알겠다고 하며 끝내 내주질 않았던 것이다. 아마도 내가 말을 안 했다면 그는 쓰레기통에 찢어 버렸을 것이 분명한데 유명한 우표수집가(?)가 애걸복걸하는 걸 보니 이것이 필경 보석 같은 가치를 지닌 것으로 착각을 했던 것 같다. 그러고 그가 우표상에 그걸 들고 돌아다니며 그 가치를 알아보아 하잘것없는 것이란 걸 알게 되려면 아마도 상당한 시간이 지나야 될 것 같았다.

재력이나 권력을 지닌 사람이 약자의 것을 거저먹으려고 드는 경우도 있지만, 때로는 약자가 자신의 소유물을 정도 이상의 것으로 착각해서 손해를 보는 경우도 종종 볼 수 있다. 대기업에서 큰 빌딩을 짓게 되면 그 주변의 작은 집들이 정도 이상의 대가를 요구하는 경우가 있다. 물론 어느 정도 비싸게 팔 수 있다면 다행이지만 기업체에서 그 대지를 더 확보하기를 포기하고 빌딩을 지어 버리면 그 주변의 작은 집은 오히려 그 용도에 있어서 손해를 보는 경우도 많지 않은가? 노사(勞使)관계에서도 서로가 타협 없이 과도한 요구를 하다가 급기야 기업 자체가 쓰러져 버림으로써 실업자가 양산되는 경우를 종종 볼 수 있다.

지나친 과욕은 남에게 손해를 주면서 동시에 자신도 손해를 볼 수 있다.

중국 명(明)나라 때 학자 정중섭(鄭仲燮)의 수필집엔 돌에 대한 우화 한 토막이 실려 있다.

관동성의 어느 고을에 짚신을 만드는 노인이 있었다. 그는 날마다 집 앞에 앉아 새끼를 꼬는데 항상 둥그렇고 커다란 돌을 끼고 앉아 볏짚을 두들기고 다지곤 했었다. 어느 날 학자풍 노인이 지나가다가 이 돌을 유심히 보더니 깜짝 놀랄 가격을 제시하며 그 돌을 팔라고 하는 것이었다. 노인은 거의 기절초풍을 했으나 내용은 잘 모르지만 이건 엄청난 재산가치가 있는 것이라 판단, 팔지 않겠다고 거절을 하고 나서 문간 밖의 돌을 안방에다 들여다놓고 신주 모시듯 바라보곤 했었다. 몇 달이 지나서야 노

인은 돌을 팔아 버릴걸 하고 후회를 하기 시작했는데 얼마 후에 학자풍의 노인이 집 앞을 지나가다가 그 돌의 행방을 묻는 것이었다. 노인은 부랴부랴 안방에서 돌을 들고 나와 사 가라고 권했다. 그러자 학자는 "아까운지고…… 이제는 무용지물인걸." 하는 것이었다. 그래서 그 연유를 물어본즉 "이 돌은 그 속에 말〔馬〕이 들어 있는 천하의 명석(名石)이었소. 돌 위에서 다듬던 짚풀을 먹고 살아왔는데 방 안에 소장해 둔 고로 못 먹어 굶어 죽고 말았네……."라고 말하며 가 버리는 것이었다. 믿어지지 않았지만 노인이 돌을 쪼개 보니 과연 돌 속엔 공간이 있었고, 그 속에 조그마한 말의 사체가 말라비틀어져 있었다고 한다.

단속곳과 뱀

서로 엇비슷한 문화권으로 그 생활풍습이 엇비슷한 것 같으면서도 전혀 다른 차이가 나는 고장이 한국과 일본이 아닐까 생각될 때가 있다.

임진왜란 때 한국의 도공들을 대량으로 잡아간 일본은 그때부터 본격적인 도자기 시대가 열렸고 그 이전엔 목기로 된 식기를 썼다는 것은 널리 알려진 사실이지만, 여성들의 속옷의 경우 한국과 일본은 전혀 다르다.

우리나라 여성의 경우는 예부터 제대로 다 입으려면 다리속곳을 입고 다음에 속속곳, 고쟁이, 단속곳, 너른바지를 입고

나서 치마를 입었다. 뿐만 아니라 다리속곳은 치마끈에 기저귀까지 달아 샅을 가리게 했다고 하니 대체 속옷을 몇 겹으로 입었으며 여름철엔 더워서 어떻게 견뎠을까란 걱정까지 된다. 그러다가 현대화되면서 고무줄이 달린 드로어즈(Drawers)에서 다시 팬티로 간소화된 것이다.

1905년 러일전쟁에서 승전한 일본의 군함이 군항에 들어와 관함제(觀艦祭)를 연 적이 있었다. 이때 기모노를 입은 여성들이 줄줄이 군함에 올라 사령탑과 함교 위로 올라가게 되었는데, 그 당시 군함의 사다리는 쇠줄로 된 것으로 그 위를 올라가는 여성들의 다리 사이가 훤히 들여다보여 병사들이 넋을 잃고 쳐다보는 것을 즐겨했다는 기록이 있다.

일본 여성들은 그때까지 단속곳이나 고쟁이가 없었고 팬티는 더더욱 없었던 것이다. 일본사회에 서양의 풍물과 스포츠가 본격적으로 보급되기 시작한 명치(明治) 후기 때부터 드로어즈와 팬티류가 보급되기 시작한 것이다. 여성이 테니스를 칠 때 드로어즈 없이 칠 수는 없지 않은가?

그러나 남성의 경우는 고대 때부터 훈도시란 명칭의 아랫도리 가리개가 있었다. 전국시대 때의 무사들이 갑옷으로 완전히 무장을 하면 눈만 빼놓고는 활이나 창이 들어갈 여지가 없었는데 여기서 개자검법(介者劍法)이란 게 생겨났다. 즉 갑옷 입은

무사와 맞붙어 싸우되 칼로 사타구니를 찌르는 검법을 말하는
것이다.

눈과 목덜미의 일부분과 아랫도리를 빼고는 칼이 들어갈
자리가 없었기 때문이다. 여성의 경우도 물장수 등 아랫도리가
보이는 직업의 경우는 남성과 같은 훈도시를 차기도 했다.

각설하고, 일본에서는 예전엔 사촌끼리의 결혼이나 형이
죽으면 형수와 산다거나 하는 일은 별로 흉된 일로 보지 않았었
다. 뿐만 아니라 한국에선 여성의 순결성을 중요시해 왔지만,
일본에서는 처녀라거나 처녀막을 특별히 중요시하지는 않았고
다만 피에 대해서는 신성시했었다.

예컨대 첫날밤의 출혈을 신부의 순결을 증명하는 것으로
해석하기보다 남녀 두 사람이 피로써 완전히 결합된 상징으로
중요시했던 것이다. 지금도 지방에 따라선 첫날밤에 쓰인 더러
운 속옷을 장대 끝에 걸어서 대문 밖에 세워 두는 곳도 있다고
한다. 일본에선 요즘도 축하할 일이 있을 때엔 세키항(赤飯)이
라고 해서 팥을 넣은 찹쌀밥을 지어 내놓는데 그 빛깔이 빨갛
다. 이 역시 핏빛을 상징한 것이다.(통구청지樋口淸之, 히구찌기요
유끼 박사 저, 『일본잡학세시기日本雜學歲時記』)

여성이 단속곳 같은 내의를 입었을 때와 안 입었을 때의 차
이는 외설적인 문제점 이외에도 더욱 위험한 사건이 도사리고

있을 수 있다.

1992년 여름철에 부산에서 있었던 실화다. 동래 쪽 금정산에 어느 일가족이 들놀이를 갔다가 사건이 터졌다. 어린애까지 딸린 주부가 소변을 보고자 숲속을 헤치고 들어갔다가 까무러치는 비명소리를 질렀다. 남편이 달려가 보니 아내의 다리 사이로 뱀이 절반쯤 들어간 상태였다. 깜짝 놀란 남편이 두 손으로 뱀 몸뚱이를 붙잡고 죽자꾸나 잡아당겼으나 놀란 뱀이 더욱 안으로 기어들어 가 허겁지겁 아내를 업고 병원으로 달려갔으나 아내는 끝내 사망하고 말았다. 이 사실은 남편과 친척들의 부탁으로 뉴스거리로 보도되진 않았다.

이 경우는 소변을 보려고 속옷을 내렸을 때 일어난 사건이지만 하물며 속옷을 입지 않았던 시대의 일본 여성들의 피해 상황은 더욱 컸을 게 분명하다.

일본에서 전국시대 후기 때부터 도쿠가와 막부 삼대(三代) 장군 때까지 백 세를 넘게 산 와다나베 고오앙(渡邊幸庵)이란 노인이 있었고, 그이야말로 살아 있는 역사가 분명하니 그가 기억하고 있는 얘기를 샅샅이 기록해 두라는 마에다 쓰나노리(前田綱紀)란 영주의 명을 받들어 그의 비서가 쓴 『행암대화(幸庵對話)』란 책 속에 다음과 같은 얘기가 있다.

행암은 자신이 일생에 걸쳐 여성의 음부 속에 뱀이 들어간

사실이 세 번이나 있었고 그중 한 번은 의사의 기지로 뱀을 몰아내 여성이 무사했다고 말하고 있다. 어느 여성이 논에서 일하다 피곤해서 잠이 들었을 때 가랑이 사이로 뱀이 들어가 온 마을에 소동이 벌어졌는데 가다바네 도오미(片羽道味)란 한의사가 달려와 가만히 상황을 판단하기에 뱀은 개구리를 좋아한다는 사실에 착안, 함지에다 물을 가득 담고 산초(山椒)란 열매를 먹인 개구리 세 마리를 풀어놓은 뒤 그 여성에게 함지에 올라타 앉게 했다. 개구리가 물속에서 허우적거리자 뱀이 머리를 내밀고 한참 동안 노리고 있다가 덥석 개구리를 삼키려고 몸이 반쯤 나오자 잽싸게 뱀을 잡아당겨 내팽개쳐서 여성을 살려 냈다는 것이었다.

역시 강경책보다 햇볕정책이 주요했던 것 같다.

살인자의 눈

　일제시대 때 한 일본군 장교가 실제로 겪은 이야기다. 1941년 7월에 중국의 호북성형문현(湖北省荊門縣)에 파견된 그는 자신이 맡은 소대원들을 정렬시켜 보고 그들의 눈이 너무나 험악한 데 놀랐다. 인간의 눈이라기보다는 맹수의 눈에 가까웠기 때문이다. 얼마 후 본부로부터 20여 명의 중국인 포로들이 자기 소속 대대에 배정돼 왔는데 이들은 이른바 담을 기른다는 명목으로 목을 베는 훈련용, 말하자면 살인대상 도구였던 것이다. 구덩이를 길게 파헤쳐 놓고 포로들을 끌고 와 타월로 눈을 동여맨 후 꿇어앉혀 놓고 검도 교관의 시범에 따라 일본도를 뽑아

당번병에게 찬물을 끼얹게 한 후에 칼을 흔들어 물기를 털고 칼을 오른쪽 위로 비스듬히 쳐들었다가 목을 내리친다. 그러면 목은 일 미터가량 튀었고 목 좌우의 경동맥에선 두 줄기의 핏줄이 분수같이 뿜어지며 몸뚱이는 구덩이 속으로 굴러 떨어지는데 그중엔 포로의 머리를 잘못 내리쳐 펄펄 뛰는 걸 대장의 "찔러!" 구령에 다른 당번이 단검을 낀 소총으로 등허리를 마구 찔러 죽이는 참사도 일어났었다. 소대장 자신도 배운 대로 포로의 목을 베고 난 후엔 아랫배에 자신감이 드는 실감을 맛보았다고 술회하고 있다.

그후로는 자기 소대원들의 눈초리가 살기를 띤 것으로 보이지 않았으니 이것이 곧 자기 자신도 살인귀로 동화되어 버린 탓이었다. 후에 이 부대가 후방으로 이동하여 국방부인회 회원들이 마중을 나왔는데 그녀들의 소곤대는 소리 속엔 "이렇게 눈초리가 나쁜 군인들은 여태껏 본 적이 없네요."라는 말이 있었다고 한다.

6·25 때 피난지 대구에서 어느 군 기관에 들렀을 때의 일이다. 장교 한 사람이 현관 옆 벤치에 앉아 뭔가 보고 있다가 눈을 들었는데 윗 눈꺼풀이 약간 내리깔리고 사람을 보는 눈이 마치 바퀴벌레를 보는 듯한 눈이었다. 이상해서 그 사무실의 군인에게 누구냐고 물은즉 그는 '여순반란 사건' 때 남들이 싫어하

는 죄수 처형을 도맡아 86명을 죽임으로써 유명해진 사람이라고 하는 것이었다. 이쯤 되면 사람의 단말마 때의 몸부림과 울부짖음을 보고 듣는 촉감으로, 어떤 쾌감을 가진 사람일지 모른다. 동물의 눈에도 표정이 있지만 사람의 그것처럼 다양하고 깊이가 있지 않다. 영화에서도 연인들의 말 없는 눈빛을 잘 표현해야 명우가 된다. 정신병원에 가 보면 의사는 으레 환자의 눈이 초점을 잃었나 잃지 않았나부터 보지 않는가?

사람의 표정을 잘 나타낸 화가로는 프랑스 인상파의 거장 로트렉이 있다. 불구의 몸으로 카페 물랑루즈의 한쪽 구석에 앉아 퇴폐한 여인들의 표정과 동작을 그리는 데 평생을 바친 사람이다. 표정에서 눈초리가 중요하지만 전체의 표정을 중요시한 것이 로트렉이라면, 눈빛 하나만 잘 표현한 화가로는 노르웨이의 에드바르트 뭉크(1863~1944)가 있다. 오슬로 국립박물관에 소장된 작품 중 유명한 그림은 다리 위에서 외쳐 대는 해골 같은 인간상 〈외침〉이 있지만, 이밖에 〈병든 소녀〉, 〈사춘기〉, 〈그 이튿날〉 등에서 병든 소녀의 눈초리는 극명하게 표현되고 있다. 더욱이 〈질투〉란 작품 속에는 질투에 이글거리는 수염 난 초로의 남성 얼굴이 있고 그 배경엔 벌거벗은 여인상을 포옹하는 젊은이가 그려져 있다. 어떤 사물의 미(美)보다 인간 심상(心像)의 진실을 이토록 화면 위에 잘 표현한 화가는 드물다. 물욕에 눈

동자가 희뿌옇게 흐려진 사람, 증오에 이글거리는 눈동자 등등 다채롭다. 1970년대 초반 암울한 독재 치하의 거리 표정에선 사람들의 걸음걸이에서부터 눈에 띄게 긴장된 것이 느껴졌었다. IMF의 한파로 회사의 도산, 가계의 압박, 실직, 감봉의 공포에 찬 눈초리들이 온 나라를 뒤덮고 있었을 때 몇 달 후가 될지 몇 해가 될지 모르나 희망의 눈빛으로 온 나라가 뒤덮일 때가 언제가 될까 하고 암담해했던 시절이 엊그제 같다.

기(氣)가 살아 있는 그림들

회화에 있어서 생동감이란 무엇을 말하는 것일까? 곤충이나 새 같은 동물을 그렸을 때 그것이 움직이는 장면을 그렸다고 해서 반드시 생동감이 있다고 할 수는 없다. 가령 나비를 있는 그대로 정밀묘사하는 데 그쳤다면 그것은 곤충도감용 그림이 될 것이고, 물고기 지느러미의 가시를 세어 보고 그대로 그렸다면 역시 어류나 동물도감용으로서 형태와 생태를 알기 위한 교과서 재료에 그치게 된다.

그러나 오원 장승업의 〈매〉 그림은 거친 붓으로 휘갈기듯 그렸지만 마치 살아 있는 듯 생동감이 역력하다. 이럴 경우 매의 깃털을 세밀하게 묘사할 필요는 없다. 즉 한 가지를 살리기 위해 다른 한 가지를 죽인 것이 된다. 단원 김홍도의 〈씨름〉이나 〈무동〉은 생동감이 넘쳐나는 작품이라 할 수 있다. 움직이는 장면이 아닌데도 숨 쉬는 걸 느끼거나 금세 날아갈 듯한 느낌이 강하게 느껴지면서 거기에 다시 화가의 정신이 깃들여진다면 그것은 기가 살아 있는 작품이다. 완당 김정희의 〈부작란도(不作蘭圖)〉를 비롯, 대체로 사군자 작품에선 기가 강렬하게 작용한다. 기가 들어 있는 작품은 채색을 가득하게 칠하거나 배경을 가득히 채우거나 구도가 면밀한 기초 위에 그려지는 서양화보다는 공간을 최대한 살리고 선의 속도감과 채색의 악센트를 중요시하는 동양화나 문기(文氣)가 깃든 사군자에서 강렬하게 느끼기 쉽다.

동양화의 기와 서양화의 기

서양화 가운데 생동감이 역력히 드러나는 화가로는 로트렉과 드가가 있다. 주로 카페 무대 앞이나 무용교습소 무희들을 현지에서 생생하게 스케치한 걸 기초로 한 작품이기에 표정의 순간 포착, 동작의 역동 신 등 생동감이 넘쳐난다. 조르주 루오의 〈변호사 떼쮸〉, 〈푸른 수염〉, 〈자화상〉 등의 작품에서도 기가 느껴진다. 또 동양인들이 반 고흐의 작품을 좋아하는 요인 중엔 광적인 채색과 독특한 마티에르 때문이기도 하겠으나 거기엔 기가 들어 있다는 점을 간과해서는 안 될 것이다. 특히 〈자화상〉, 〈별이 빛나는 밤〉, 〈삼나무 길〉, 〈까마귀 떼가 있는 보리밭〉 등에서 더욱 그러하다. 또 샤임 스틴의 광기 어린 풍경화와 〈소년〉, 〈미친 여자〉에서도 그렇고 에드바르트 뭉크의 〈질투〉, 〈병든 소녀〉, 〈사춘기〉에도 기가 깃들어 있다. 그럼에도 인간 내면 깊숙이 숨겨진 냉엄함과 칼날 같은 저항의 기는 묵향 짙은 동양화에 더 강하게 내재되어 있지 않나 생각된다.

중국 청나라 때의 화가 팔대산인(八大山人)은 이름은 주답, 아호는 하원(何園)·설고였다. 그의 그림에선 이러한 기가 강렬하게 살아 있다. 주답이 메추라기 같은 '순한 새'를 그릴지라도 그 눈동자는 사람의 정신을 번쩍 들게 하며, 한 올 한 올 곤두선 깃털은 그 온몸이 마치 인간을 공격하기 위한 자세로 보이게 한다. 인간의 이기심과 무자비함과 잔인성을 용서치 않고 금세 달려들어 쫄 듯한 저항의 빛이 역력하다.

높은 돌 위에서 잠자는 고양이, 화병 속에 위태롭게 던져진 꽃 한 송이, 또는 부러져서 금세 떨어질 듯한 나뭇가지 위에 위태롭게 앉은 새 그림 등은 적어도 평온한 정신에서 그려진 그림들은 아니다.

어쩌면 주답은 자기 그림 속에 자신의 어둡고 저항적이고

병적인 성격이 나타나는 걸 극단적으로 두려워했는지도 모른다. 그래서 술에 취해 엄청난 속필로 내려갈기듯 그린 성싶다. 고양이는 푹신한 풀, 부드러운 방석을 선호하기 때문에 차갑고 따가운 돌 위에서는 잠을 자지 않는다. 그걸 굳이 바위 위의 고양이, 부러질 듯한 나뭇가지 위에 새 등 화폭마다 짙은 고독감과 처연함과 저항의 냉소가 깃들여져 있음을 본다.

『명사열전(明史列傳)』에 의하면 주답은 명나라 초대 황제 주원장의 열일곱 번째 아들 주권의 9대쯤의 후예로 나와 있다. 그의 할아버지와 아저씨를 비롯한 주씨 일가는 대체로 방랑벽과 음주와 시인 기풍의 가계로 알려져 있다. 방지문주종기세 (方志文酒終其世)라고 명사에 기록되어 있을 정도다. 명나라 숭정제(崇禎帝)가 자살함으로써 실질적으로 명나라가 청나라에 의해 멸망했을 때 그의 나이는 19세였고, 얼마 후 아버지를 여의고 곧 자신의 처자식까지 잃게 된다. 비탄에 젖어 삭발을 하고 불문(佛門)에 들어간 것이 그의 나이 23세 때다. 청나라는 만주족 풍습인 머리를 길게 땋는 변발 풍습을 한족에게 강요함으로써 복종의 근거로 삼고자 했었고 이에 불복하면 목을 베었다. 따라서 삭발하고 불가에 귀의한다는 것은 청에 대한 저항이라 할 수 있다.

188

화성(畵聖) 팔대산인의 저항정신

주답은 임천현 현령의 관사에 있다가 돌연히 광증을 나타
내 가사를 불태우고 남창으로 도망친 적이 있다. 이때의 일은
연금설(軟禁說)과 가병설(假病說)로 설명하나 실제로 발광했었다
가 어느 정도 차도가 있자 자신의 광증을 가라앉히고자 술과 그
림에 몰두한 것이 아닐까 하는 생각도 든다. 자신의 집 대문에
벙어리 아(啞) 자를 크게 써 붙이곤 아무하고도 말을 안 했다는
행위는 자신의 정신수양을 위한 것일 수도 있지 않은가? 또 그
림에다 '팔대산인'이라는 아호를 써넣을 때도 슬플 때는 곡지
(哭之)처럼 보이게 썼나 하면 냉소적일 때는 소지(笑之)처럼 보
이게 쓰기도 했었다. 그의 간결한 표현력과 새로운 화풍, 불굴
의 저항정신을 평가해 현재 남창에 기념관이 세워져 관광객의
발을 끌게 한다. 1973년도엔 명대 익왕(益王)의 분묘가 발굴되
어 상당량의 호화 유물이 출토됨으로써 그의 조상은 인민을 착
취한 표본 인물같이 기록되기도 했으나 그의 작품은 너무나 출
중하여 현재까지도 세계 각국에서 연구되고 있다. 정판교(鄭板
橋)란 중국 시인은 팔대산인을 읊은 시 구절에 '묵점무다루점다
(墨点無多淚点多)'라 쓰고 있다.

제2차 세계대전 후 일본 정부는 경제가 안정되어 가자 일본
문화를 세계에 알리고자 동경미술학교 창립(1988) 멤버 중 한

명이요 일본이 거족적으로 자랑하는 대표작가 요코야마 다이칸 (橫山大觀)의 전시를 유럽에서 대대적으로 연 적이 있다. 다시 십여 년 후에 현대 일본화의 대가인 히가시야마 가이이(東山魁夷)전을 역시 유럽에서 열었으나 그 화려한 전시 규모와는 달리 일본 미술의 성가가 세계에 떨쳐지는 계기가 되진 못했다. 작가 본인도 "유럽에서 환영은 받았으나 이해는 잘 못하더라……." 라고 씁쓸하게 술회하고 있다.

그러나 도미오카 뎃사이(富岡鐵齊, 1836~1915)의 경우는 좀 다르다. 어릴 적에 태독(胎毒)을 앓아 귀머거리가 된 그는 양명학을 배운 학자이면서도 남화를 독학으로 익혔다. 다시 유(儒)·불(佛)·신(神) 삼도(三道)에 걸친 포용적 학문 사상가로서 신사의 신관(神官)직을 맡고 있었다. 그가 때때로 여기(餘技)로서 그린 문인화적 묵화가 점차로 세상에 알려지기 시작한 것은 40세도 넘어서였다. 그 자유분방한 선과 종횡자재한 용묵법으로 마구 그린 듯한(?) 작품들은 근세 독일·프랑스 파리파의 '파스킨'을 비롯 유럽에서 절찬을 받았고, 다시 근래엔 러시아에서 '대회고전'을 열어 압도적인 지지를 받았다. 역시 앞서 말한 전통적 대가들 작품 속의 결여된 기가 그의 작품 속에선 여실히 살아 있기 때문인 듯하다.

검성(劍聖) 미야모토 무사시의 칼맛 나는 그림

한편 에도막부 시대 때의 검성으로 불려진 미야모토 무사시(宮本武藏, 1584~1645)는 13세 때에 자기 동네에 들어와 검술을 뽐내던 아리마 기헤이(有馬喜兵衛)란 검객을 상대로 목검으로 그의 두개골을 부숴 버린 것을 비롯, 일생 동안 60여 회에 걸쳐 검객들을 상대로 싸워 모조리 살해한 전설적 검객이다. 물론 아리마도 상대가 소년이라 가볍게 다루려다 목숨을 잃은 것이라 짐작되는데, 7, 8세 때엔 자기 아버지 무니사이(無二齊)가 단도 기술을 연마하는 걸 옆에서 보고 비웃어 대자 격노한 아버지가 단도를 내던져 상처가 났다는 얘기도 있다. 물론 죽이고자 한 것은 아니겠으나 어린 아들에게 칼을 던진 아버지를 도저히 정상인이라 볼 수는 없을 것 같다.

이러한 비정상적인 피를 이어받은 무사시는 놀랍게도 수묵화와 조각에 뛰어난 솜씨를 자랑한다. 특히 고목 가지 위에 새 한 마리가 앉은 그림은 국가에서 보물로 지정하고 있다. 마치 칼을 빼듯 섬뜩하게 길게 뻗은 나뭇가지 위에 새 한 마리가 뭔가를 잔뜩 노려보고 있는 그림은 유럽인들로 하여금 동양화의 섬뜩한 기를 느끼게 했으리라. 또 〈달마상〉의 소매와 등허리선도 범상치 않다. 잔뜩 긴장된 자화상의 눈초리는 일반 미술에선 보기 드문 귀기(鬼氣)가 서린다. 그래서 무사시의 그림엔 검기

(劍氣)가 시퍼렇게 살아 있다고들 한다. 검객으로 이름이 전국 적으로 떨쳐지게 되면 그를 쓰러뜨리거나 살해함으로써 자신이 천하제일의 검객이 된다고 믿는 검객들이 주야를 불문 그를 방 문하거나 노리게 된다. 정정당당하게 약속을 해서 승부를 겨뤄 상대를 쓰러뜨린 게 60여 회라고 하니 그를 노린 검객의 수효는 그보다 몇 배가 되었을 것으로 짐작된다.

　　무사시의 평생소원은 자신의 검술을 높이 사 주어 녹을 많 이 받는 상급무사가 되는 것이었으나 이러한 소망은 빈번히 외 면당한다. 영주들은 전국시대 전쟁 때 말을 타고 군사들을 이끌 어 적의 성을 함락시키는 무장에겐 녹을 많이 주었으나 개개인 의 검술을 뽐내는 자는 무예자(武藝者)라 해서 하나의 기술자로 천시했기 때문이다. 뿐만 아니라 때 묻고 더러워진 무예자를 일 반 상급 무사들은 기피했고, 영주들에게 높이 추천하기를 꺼려 했기 때문이기도 하다. 기껏해야 영주들은 자신의 부하 속에서 출중한 검객을 골라내 무사시와 검술을 겨루게 했고, 무사시가 이기면 황금 몇 십량이나 화려한 무기구를 상으로 주는 게 고작 이었던 것이다. 이러한 무사시에게 비공식이나마 상당한 녹을 준 사람은 유일하게 규슈(九州) 구마모토 성의 영주 호소가와(細 川)가 있었다. 그래서 무사시는 말년의 십여 년을 이곳에서 지 낸다.

어디서나 자신을 노리는 검객을 의식해서 자나 깨나 항상 긴장상태로 60 평생을 지내야만 했던 무사시는 서화에 몰두하는 시간만이 유일하게 스트레스를 풀 수 있는 안식 시간이었는지 모른다. 평생 목욕을 제대로 안 하고 젖은 물수건으로 몸을 닦았던 기벽의 무사시에겐 그의 검법을 유파로 만들어 계승한 제자도 별로 없었다. 그의 수묵화가 명품으로 소문이 나자 가짜도 수없이 나돌기 시작했는데, 지금도 구마모토에 가면 시마다(島田) 미술관이 있고 그곳 특별 상설전시실에 무사시의 유묵·유품과 그가 애용하던 무기들이 진열되어 있어 뭇 관광객의 발길을 멈추게 한다. 가짜 수묵화뿐만 아니라 그의 무덤 또한 일본 전국에 10기 이상이 여기저기에 널려 있다. 검술을 익히기 위해 전국 방방곡곡을 돌아다닌 그가 죽자 검성으로서의 평가가 급속히 확대되어 전설이 된 결과라 하겠는데, 우리나라에서 홍길동의 고향이 서로 자기 고장이라고 논쟁을 벌이는 것과 비슷한 맥락인지도 모른다.

여기서 말한 기란 회화에 있어서의 일종의 박력이라거나 광기로 말할 수도 있는데, 작가가 불구자거나 정신병자 증세를 지니고 있는 경우가 많다는 걸 간과할 수 없다. 로트렉과 도미오카는 불구자였고, 고흐와 뭉크와 팔대산인 역시 환청과 환상에 시달리는 정신병자였다는 사실이다. 또 그림 속의 기라는 것이, 엄격한 기초에 입각한 전통적인 미술 교육을 받은 사람들의 작품에서보다는 어떤 다른 일에 몰두한 사람들의 여기로서 그려진 작품에서 더 강렬하게 느껴지는 것은 무슨 까닭일까?

'절구 신(神)'에게 순산(順産) 비는 아이누 족

지금도 북해도(北海道) 남쪽 시라오이(白老) 근처의 호숫가
엔 아이누어로 '포로토코탄(커다란 호숫가 마을)'이란 아이누 민
속촌이 형성돼 있다. 여기엔 대정(大正, 1912~1925) 말기까지 이
곳저곳에 남아 있던 것들 중 쓸 만한 것만 모은 아이누의 '찌세
(집이란 뜻)'가 있어 당시 아이누 족 생활의 한 면모를 살펴볼 수
있다. 여기서 아이누의 후예들이 아이누의 복장을 입고 관광객
들에게 매 시간마다 10분 정도 고유의 민속춤을 보여 주는데,
옛적의 아이누와 다른 점이 있다면 의당 얼굴과 손에 시커먼 문
신이 있어야 할 여인들에게서 문신을 찾아볼 수 없다는 점이다.

마을 한가운데에 흙더미로 씨름판같이 만들어 놓은 놀이마당 위에서 십여 명의 여성과 두 명의 남성이 서로 마주 보고 손뼉을 치면서 몇 바퀴를 도는 단조로운 춤일 뿐인데, 그들의 표정엔 즐거움이 없다.

커다란 찌세 한 채를 골라잡아 안으로 들어가니 아이누 복을 입은 중년 여인이 집 속의 마당(커다란 지붕 밑에 온돌과 마당, 부엌이 함께 붙어 있다.)을 쓸고 있다가 우리 일행을 힐끗 쳐다보는데 그리 반가운 표정은 아니다. "손님은 단체로 오신 분들인가요?"라고 묻는다. "아니요, 따로 온 사람이요."라고 대답하자 그제야 아이누 여인은 굳어졌던 표정을 풀었다. 그리고는 "우리가 바가(바보란 뜻)같이 보입니까?" 하기에 영문을 몰라 엉겁결에 "그럴 리가……." 하고 얼버무렸다. 그녀는 아까 왔던 일본인 단체손님들 중의 하나가 자기를 보고 "아나타타치와 바가다요.(당신들은 바보 천치요.)"라고 했다는 것이다.

그 일본인이 내뱉은 말이 아이누 족의 조상들을 향해 한 말인지, 일본인에게 왜 멸종을 당했느냐는 질책의 뜻인지, 또는 관광객들을 위해 값싼 대가로 춤을 보여 주는 자체를 말한 것인지는 알 길이 없으나 그 어느 경우건 간에 아이누 족의 피가 섞인 사람이라면 분통이 터지지 않을 수가 없을 게다.

그녀는 다시 "우리가 그와 맞서 말대꾸를 하면 손님에게 무

슨 짓이냐며 관리사무소 직원이나 책임자로부터 야단맞을 것이 뻔하니 참을 수밖에 없지요."라며 말꼬리를 흐린다. 나는 뭐라 위로해 줄 말을 찾을 수가 없었다.

'화인(和人)'과 혼혈로 멸종 위기

지금까지 일본학자들의 연구에 의하면 약 2만 년 전인 구석기시대에도 북해도엔 사람이 산 흔적이 있으며, 8천 년 전의 조몽토기(繩文土器)시대 이후인 8세기경의 찰문시대(擦文時代) 문화를 형성했던 사람들을 아이누 족의 직접적인 조상으로 보고 있다.

학술적인 연구가 아니라 소박한 생각으로 본다면 인류는 크게 나누어 고대엔 문명이 발달했으나 현대에 이를수록 쇠퇴해 간 종족과, 고대엔 야만인이었다가 현대에 이를수록 문명이 발달해서 세계를 제패한 종족으로 나누어 생각해 볼 수 있다. 이집트가 전자의 경우요, 유럽이 후자가 될 것이다. 물론 세분하면 문명이 발달한 작은 여러 개의 종족이 모여 바다를 건너가 황무지를 개척한 경우로 미국이나 호주가 있겠고, 기나긴 세월을 원시적으로 살아 오다 문명인의 통치를 받게 되고 그러다가 독립을 한 아프리카도 있으나, 엄연히 별개의 인종으로 존속해 오다 아주 절멸해 버린 종족도 있다. 그중의 하나가 현재 일본 북해도에 옛날부터 살아오던 아이누 족이다.

아메리칸 인디언이 아직도 일부 지역에서 문명의 이기를 쓰면서도 미국인과 완전 동화되지 않고 부족 단위로 명맥을 이어 가고 있는 데 반해, 아이누 족은 거의 철저하리만큼 멸종(?)이 되었다는 사실이 흥미롭다. 현재 포로토코탄 마을의 아이누 인들은 일본인들과 몇 대에 걸쳐서 결혼을 해 오는 동안 아이누 족의 순수 혈통은 고작 6분의 1이나 8분의 1 정도밖에 없다고 알려져 있다. 그 원인이 대체 어디에 있는 것일까?

15세기 중엽에 처음 개척

일본이 북해도에 눈을 돌리고 관심을 갖기 시작한 것은 놀랍게도 1440년대이다. 북해도란 명칭은 1869년에 개척사(開拓使)를 두었을 때부터 붙여진 것으로 그때까지만 해도 북해도는 '에조치(蝦夷地)'라 불렸고, 북해도를 크게 양분해서 '니시에조치(西蝦夷地)', '히가시에조치(東蝦夷地)'라 불렀다. 그러다 1440년대엔 화인(일본인)들이 북해도 최남단의 극히 일부에 살기 시작하면서 '다테(館)'를 만들었다. 이 '다테'란 것은 일종의 방벽 또는 성곽을 의미한다. 현재 '하코다테(箱館)'란 명칭도 여기에서 유래된다. 물론 아이누 족과의 분쟁에 대비했던 것이다. 1443년에 일본 본토에서 안도 모리스에(安東盛季)란 토호(土豪)

가 남부씨(南部氏)라는 토호와 싸우다가 패하자 부하들을 이끌고 에조 땅으로 피해 갔던 것이다. 이것이 화인이 조직적으로 집단이주해 간 첫 사례가 된다.

　　그후 안도의 부하 가키자키 노부히로(柿崎信廣)가 아이누의 강력한 집단인 고샤마인 족을 쳐부순 것을 시초로 아이누 족의 봉기가 때때로 일어났다. 부득이 가키자키는 에조의 최남단으로 본거지를 옮기고 본토에서 오가는 상인들에게서 세금을 징수해 그 일부를 아이누 족에게 나누어 줌으로써 일종의 평화협정을 맺는다. 그뒤 일본을 통일한 도요토미 히데요시가 1593년 가키자키의 후예에게 주인장(朱印狀 : 일종의 임명장)을 줌으로써 정식으로 에조의 총독자격을 얻게 된다. 1604년 도쿠가와 막부시대가 되자 화인 거주지역을 마쓰마에 번(松前藩)에 편입시킨다.

　　그후에도 1669년 아이누 족 샤쿠샤인이 봉기했고, 1789년에 북해도 최대의 섬인 구나시리(國後)에서 또 봉기를 했으나 패퇴하고 만다. 1792년 러시아의 사절 락스만이 네무로(根室)에 와서 교역을 제의해 오자, 1799년에 이르러서 막부는 태평양 측과 북쪽의 방비를 견고히 하고, 1807년에 비로소 북해도 전체를 다스리게 된다.

　　1868년 명치유신이 되자 막부의 탈주군(脫走軍)이 하코다데의 고려가쿠(五稜郭)를 거점으로 농성, 관군과의 전쟁을 치르게 되나 이듬해에 평정되고, 일본정부는 개척사를 두고 비로소 에조를 '홋카이도(북해도)'라 부르게 된다. 이것이 북해도의 간추린 역사이다.

그런데 우리를 의아하게 하는 것은 왜 도요토미 히데요시가 일본 본토를 통일하고 나서 방대한 황무지 북해도를 놔두고 한국과 중국을 침략하고자 했느냐는 점이다. 그것은 황무지를 개척하는 노력보다는 일본 본토에서 할거하던 사무라이들의 팽창된 무력을 대륙에 쏟아 부음으로써 자신에 대한 모반을 막을 수 있다는 점과, 혹시나 운이 좋으면 한국쯤은 자신의 속국으로 만들 수 있을지도 모른다는 계략에서 나온 것이었다.

범죄자·사상범의 유배지 돼

1600년대 초기까지 북해도를 내버려 둔 일본의 북해도에 대한 인식은 대체로 다음 상황이 아닌가 생각된다. 첫째로, 북해도는 엄청난 양의 눈이 내리는 한랭지로 농사가 맞지 않는 곳이라서 아이누 족의 터전을 방관해 두었던 것 같다. 당연히 아이누 족의 생업은 어업과 사냥과 산나물 채취로 국한될 수밖에 없었다. 그 생활의 근거지는 하나의 개울을 중심으로 한 주변을 단위로 해서 한 개 또는 몇 개의 부락을 형성했고, 봄부터 여름까지는 산나물 캐기, 여름엔 바닷고기 낚시, 가을엔 개울의 고

기잡이, 겨울엔 동물 사냥이 생활의 전부일 수밖에 없었다.

이들이 본격적인 농업의 가능성을 인식하기 시작한 것은 1923년, 덴마크식 농업방식이 소개되면서부터였다. 다만 농업에 앞서서 1881년(명치 14년)에 가바도슈지캉(樺戶集治監)이란 이름의 대규모 형무소를 설치해서 일반 흉악범과 함께 사상범까지 이곳에 수용하여 도로 건설과 광산 개발에 종사케 했고, 나중엔 형무소를 북해도 내의 각처에 설치해서 온갖 공사에 노력을 동원했으니 실로 북해도의 발전은 이들 죄수들의 피와 땀의 결실이었던 것이다. 동시에 일본 정부는 아이누와 일본인의 동화(同化)정책으로 아이누와 일인들의 결혼을 권장하여 이들 종족을 소멸시키는 데 부심했다.

그럼 왜 이토록 아이누 족은 쉽사리 소멸되는 운명을 지녔던 것일까?

그 첫째 이유로는 장기간의 원시적인 생활에 안주하였기 때문에 무기라고는 사냥에 쓰이던 독화살과 창, 그리고 무딘 칼 종류만 있었을 뿐 건물이건 신체상이건 간에 방어 장비는 전무했다는 점을 들 수 있다. 둘째는 하천 중심의 부락생활로 인해 종족이 분산되어 있어서 강력한 지도자가 없었다는 점이고, 셋째는 토속적이고도 다분히 미신적인 신앙에만 의존해 오던 소박성을 화인들이 교묘히 속여 왔다는 점을 들 수 있다. 즉 무지

하고 어려운 사람을 도와주어야 할 입장에 있는 그들이 도리어 아이누 족을 착취함으로써 쇠퇴의 길로 빠져들지 않을 수 없었던 것이다.

변소 · 절구 · 불의 신 섬겨

북해도 시라오이의 포로토코탄 마을에 있는 아이누 족의 찌세는 지붕에서 벽까지 전부가 마른 풀과 나무껍질로 덮여 있고 기둥은 굵은 넝쿨로 되어 있다. 내부엔 원시적인 화살통과 창, 절구통과 곰 가죽 등이 있는데 쌀통과 밥그릇, 술잔 같은 식기류만은 도쿠가와 막부시대의 화려한 고급목기들로 선반 위에 보물단지 모양 장식돼 있어서 퍽 위화감을 준다. 상투 틀고 융복을 입은 노인이 최신형 구두를 신은 격인데, 이는 화인들이 자신들에게 대항해 올 수 있는 갑옷이나 신형무기는 일절 주지 않고 화려한 식기류만 주고 그들이 애써 잡아 온 동물의 가죽들을 앗아간 데서 비롯된 것이었다. 화인들은, 사람은 신분이 높아질수록 고급 쌀통이나 식기를 써야 하며 또 그것이 사람의 위신을 내세우는 것이라고 끊임없이 선전을 해 왔고, 아이누 족은 그 말을 그대로 믿었던 것이다.

대체로 샤머니즘은 추운 지방과 열대 지방에 많은데, 아이누의 샤머니즘 또한 그 폭과 깊이가 넓다. 예컨대 조그만 배를 타고 바다에 나가 창끝에 끈을 단 장대로 생선을 찔러 잡아 올리면 배 위에서 해체를 한 다음 바다의 신에게 감사드리는 뜻으로 한 토막을 바다에 던지고 나서 생선에서 나온 피를 뱃머리에 칠한다. 이들은 이 세상에서 보이는 것은 모두가 영혼을 지니고 있다고 믿었으며 사람보다 영력(靈力)이 강한 것은 '카무이(神)'로 섬겼다. 또 곰에도 신이 있으며 '카무이'가 깃든 곰은 사람을 해치지 않는다는 미신이 있어서 곰에게 제사 지내는 의식이 오래전부터 있어 왔다. 또 밤중에 두 눈을 똑바로 뜨고 모든 사물을 바라다보는 '에조시마후쿠로' 라는 부엉이를 동물 중에서 가장 높은 위치의 '카무이'로 섬겨 왔으며, 불의 신을 믿기도 했다.

이러한 샤머니즘은 여성의 분만 때도 나타난다. 산모가 난산이 되면 변소의 신, 절구의 신, 불의 신에게 도움을 청했고, 방 안에 있는 기물의 뚜껑이란 뚜껑은 모조리 열어젖히고 칼 종류를 집 밖으로 내가기도 했다. 그래도 아기가 안 나오면 가상으로 집 전체를 자궁(子宮)으로 여겨 남성들이 신호와 동시에 일제히 앞뒷문을 열고 밖으로 뛰쳐나간다. 또는 낫을 들고 허공을 가르며 난산의 신을 쫓는 의식까지 행했다. 심지어 그들은 절구의 신에게 순산을 빌기 위해 산모를 절구 위에 엎드리게 하고, 절구 한쪽에서 할머니가 산모를 껴안고 기도를 드리고 다른 여인들은 산모의 배를 쓰다듬었다.

또 여성은 12~13세가 되면 입술 주변과 손등, 손목 그리고 눈썹에다 문신을 했다. 문신은 작은 칼로 해당 부위에 상처를 낸 다음 먹('시라가바'란 나무껍질을 태워서 만든다.)을 칠하고, 흐르는 피를 막기 위해 역시 '아오다모 모요기'란 약초를 끓인 물을 수건에 묻혀서 닦아 낸다. 문신은 조금씩 시작해서 20세 무렵까지는 완성하지만 40대가 되면 다시금 그 자리에 먹을 넣는다. 이것 역시 악령(惡靈)이 못 붙게 하기 위한 것과 생리불순을 해소시키기 위한 방편이었다고 기록되어 있으나, 일설엔 아이누의 종족 보존을 위해 화인들이 손을 못 대게끔 끔찍한(?) 얼굴을 만들어 보이려 했다는 얘기도 들린다. 또 여성의 성기는 불의 신으로부터 받은 것으로 이것이 함부로 더럽혀지는 건 불의 신에 대한 모독이라 하여 정조대를 차게 했다.

아이누의 민속 악기로는 갈대를 얇게 깎아 끈을 달고 그 끈을 입으로 잡아당겨 진동시키면 딩딩딩 하는 단조로운 소리를 내는 '묵구리'란 것이 있어 노래 부를 때 이걸로 반주를 한다.

삐리카 삐리카 단토시리 삐리카

이낭쿠루 삐리카 능케 쿠스네 능케 쿠스네

삐리카 삐리카 오늘은 좋은 날이구나. 좋은 애가 온다. 그애는 누굴까. 그애는 누굴까.

애조 띤 민요에 맞추어 딩딩딩 울리는 '묵구리' 소리는 듣
는 이의 가슴을 에는 듯하다.

'사무라이' 환상 어린 낭인촌(浪人村)

가령 영국의 윈저성을 날씨가 청명한 대낮에 방문해 보자. 우선 성 밖엔 관광버스가 오가고 정문 앞엔 영국의 현대식 근위병이 총을 들고 서 있는가 하면, 이끼가 낀 고성(古城)의 벽과 아스팔트 길바닥은 무척 위화감을 준다. 그러나 성 깊숙이 들어가 중간문 근처쯤에서 날은 어두워지고 안개가 끼거나 보슬비가 내린다고 하자. 그러면 육중한 철대문이 열리고 중세 때의 기사(騎士)가 말발굽 소리를 내며 나올 것 같은 환상에 젖을 수 있을 것이다. 인적이 끊기고 알맞게 어둠이 깃든 무더운 여름이거나, 낙엽이 몰려다니고 싸늘한 바람이 옷깃으로 스며들 때 더욱 그런 기분을 맛볼 수 있을 것이다.

그래서 영국에선 무더운 여름철마다 대중잡지나 오락신문의 지면 한 귀퉁이에 유령 얘기가 자주 나오나 보다. 영국이나 음산한 겨울철 북유럽의 고성 주변에서만 그런 기분이 드나 했었는데, 일본의 어느 지방에도 그런 분위기가 감도는 곳이 있었다.

그대로 보존된 지란(知覽)의 무사촌(武士村)

규슈의 가고시마(鹿兒島)에서 남쪽 이부스키(指宿) 온천을 향해 차로 한 시간가량 달리면 지란이란 작은 마을이 나온다. 여기엔 200여 년 전(1760년경)의 무사들 집이 한 마을을 형성하고 있다. 일본어로는 '부케야시키(武家屋敷)'라고 부르는데, 깨끗하게 다듬어진 길 양편엔 도쿠가와 막부시대의 무사들 집이 놀랍게도 돌각담과 대문에서부터 정원과 가옥의 기와까지 그대로 보존되어 있다. 멀리 삼삼오오로 몰려가던 수학여행 온 여학생의 무리가 골목길 모퉁이로 사라지자 순간적으로 이곳은 적막이 깔리고, 햇볕이 쨍쨍 내리쬐는 돌각담 위의 상록수 빛깔은 더욱 청청한데 고색창연한 대문이 열리면서 금세 상투를 튼 '사무라이'가 칼을 차고 게다를 끌며 나올 것 같다. 우리나라에 있는 민속촌은 전국 방방곡곡에서 고가(古家)들을 옮겨 와 한자리에 모은 것으로 들었는데, 이 고장의 무사들 집은 예부터 그대로 그 자리에 남아 있기 때문일까?

무사들의 집 대문은 소나무로 견고하게 짜여졌는데, 문을 열고 들어서면 바로 눈앞에 널찍한 담장이 가로놓여 있다. 이 벽은 외부의 기습을 받았을 때 집주인이 무장할 시간을 벌기 위한 담이라는 것이다. 실제로 과거의 역사를 보면 무사의 집을 습격할 땐 우선 커다란 절구공이 같은 망치로 대문을 부수고 쳐들어가게 된다. 그 대문을 부수는 데 시간이 걸릴 뿐만 아니라 칼과 창으로 무장한 무리들이 집 안으로 뛰어드는 순간 눈앞엔 다시 방어벽이 가로막게 된다. 그동안에 집주인은 무장을 하고 적과 대항을 하며 동시에 부하로 하여금 남의 집에 응원을 청하게 할 수 있는 것이다.

명치유신 일으킨 사이고 다카모리의 고향

도요토미 히데요시는 일단 천하를 통일했으나 그 아들 대에 가서 도쿠가와 이에야스에게 멸망하고 만다.

도쿠가와는 자신의 자손이 대대손손 전국을 다스리게 하기 위해서 전국을 수십 개의 번(藩)으로 나누고 번주(藩主)로 하여금 그 고장을 다스리게 했다. 그리고 번주들이 무력을 강화해서 모반하지 못하게끔 하기 위해 아무리 큰 번이라 하더라도 단 한 군데의 성(城) 밖에는 지니지 못하게 했던 것이다. 또 한 군데의 성주가 강력해질 것 같은 기미가 보이면 어떤 구실을 붙여서라 도 그 힘을 약화시키거나 멸망시키기 위해 끊임없이 밀정을 파 견하고 감시를 했다.

이곳 가고시마 일대는 옛 이름이 사쓰마번(薩摩藩)이었는 데, 이곳의 성주 시마즈(島津) 일가는 최초로 유학생을 대거 해 외로 보내는 등 근대문명을 재빨리 받아들여 명치유신(1868)을 일으켰고, 결국은 막부를 쓰러뜨리고 천황 중심의 정치체제를 확립시켰던 가문이다. 명치유신의 공로자들은 대부분 이 고장 에서 나왔는데, 그중에서도 사이고 다카모리(西鄕隆盛)와 오쿠 보 도시미치(大久保利通)가 쌍벽을 이룬다. 이들은 유신을 성취 시킨 뒤에 사이고의 소위 '정한론(征韓論 : 실직한 사무라이들의 불 만을 해소하기 위해 그 힘을 규합해서 한국을 그들 세력권하에 두게끔 하고 나중에 중국으로 세력을 확대시키자는 주장)'과 오쿠보의 '내치 (內治) 우선주의(먼저 국내의 새 정치체제를 확고히 하자는 주장)'로 의견이 엇갈리어 사이고는 고향인 가고시마로 낙향을 해 버린 다. 그러자 그를 따르던 수많은 청년들도 가고시마로 내려갔고, 사이고는 그들을 교육시키기 위해 사립학교를 만든다.

사이고가 육군대장의 직함을 가지고 독자적인 행동을 취하 면서 가고시마는 새로운 체제인 현정(縣政) 체제로 바뀌어 소독

립국의 양상을 띠게 된다. 그러자 중앙정부에서는 갖가지 대책을 강구했고, 이에 대해 가고시마 사립학교 생도들의 불만이 폭발, 정부의 화약고를 습격함으로써 정부군과의 사이에 전쟁이 일어난다.

처음에 사이고군(軍)이 구마모토(熊本)까지 쳐 올라가는 등 위세가 당당했으나, 결국은 속속 증강된 정부군의 힘에 밀리어 사이고는 시로야마(城山)까지 퇴각, 끝내 자결하고 만다. 1877년에 일어난 이 전쟁을 서남전쟁(西南戰爭)이라 부르는데, 현재까지도 일본에서는 도리어 사이고의 인기가 절대적으로 높다. 그후 오쿠보는 전제정치를 폈으나 곧 노상에서 낭인들에 의해 암살당하고 만다.

명치유신을 성사시켜 막부를 쓰러뜨린 후에 다시금 새 정부와 전쟁을 치르는 등, 사쓰마인들은 그토록 강인한 지방색을 지닌 사람들이었다. 물론 도쿠가와 막부 시대에도 규슈의 강력한 번이었던 사쓰마와 구마모토는 계속 감시의 대상이었다. 구마모토는 임진왜란 때의 무장 가토 기요마사(加藤淸正)의 막강한 번이었으나, 가토가 문둥병(매독설도 있고 독살설도 있다.)으로 죽자 그 아들 대에 가서 1만석(萬石)의 작은 변두리 성주로 쫓아내는 데 성공, 하나의 후환을 없앨 수 있었다.

그러나 사쓰마는 끊임없이 잠입해 들어오는 막부의 첩자들을 가려내기 위해 사쓰마 사투리를 만들어 내기까지 했었다. 그래서 말투가 다른 자가 나타나면 즉각 이를 잡아내거나 암살해 버리곤 했다. 막부 첩자들은 번의 행정상의 약점을 들춰내 보고를 하는 것으로 그치지 않고 번 내부에 내분이 일어나게끔 모략 전선을 펴기도 했던 것이다.

또 사쓰마번은 일국일성제(一國一城制)를 엄수케 하는 막부에게 모반이라는 구실을 주지 않기 위해서 성 밖 멀리에다 113개의 외성(外城)을 만들었다. 전쟁이 일어나더라도 성주(번주)의 가옥을 중심으로 일정한 구획정리를 해서 무사들의 거처를 만들었고, 이것이 곧 미니 성새(城塞)의 구실을 하게끔 한 것이다. 지금 남아 있는 무사들의 마을이 바로 출성(出城)이라고도 불리는 113개 외성의 한 군데이다.

일본 무도(武道)의 시원지(始源地) 돼

사무라이들의 집 마당은 그들의 취향에 따라 제각기 다른 형태의 정원으로 가꿔져 있는데, 대체로 고산수(枯山水) 정원 형식으로 되어 있다. 이것은 물을 쓰지 않고 산수(山水)의 풍경을 표현하고자 한 것으로, 주로 괴석과 수목을 아기자기하게 조화시켜 절묘하게 꾸며 놓고 있었다.

시마즈 초대 영주는 시마즈 다다히사(島津忠久, 1179~1227)

로 대대로 그 일가가 세습으로 내려오면서 규슈 굴지의 다이묘(大名 : 도쿠가와 이전의 번주 명칭)가 되었는데, 무사들이 지켜야 할 정도(政道) 10개조(1539년 제정) 속엔 다음과 같은 내용이 있다.

"젊은 무사는 무예·씨름·수영·산의 보행 등으로 수족을 단련시킬 것. 녹을 받는 자와 녹을 안 받는 자 등 그 신분 상당의 무도와 무예에 힘을 기울일 것. 이것이 없는 자는 녹을 몰수하거나 벌에 처한다."

따라서 무사의 아들들은 7~8세 때부터 무예에 힘을 기울이게 했으며, 검술에 있어서도 시마즈번의 독특한 검법인 '시현류(示現流, 나중엔 자현류自顯流라는 유파가 생긴다.)'를 창시해낸다. 이 실전 위주의 검술은 도고 쥬이(東郷重位, 또는 시게타카라고도 부름. 1561~1643)란 검객이 만들어 낸 것으로, 처음엔 밤나무를 여러 개 땅에 박아 놓고 목검을 들고 그 사이를 오가면서 하루에 수천 번을 내려친다. 사쓰마 검술의 독특한 기합소리인 "체에이!" 또는 "체에스토!"란 기성(奇聲)을 지르는데, 그 고함소리 한 번을 지르는 동안 좌우 양편의 나무를 30번 내려칠 수 있어야 하는 격렬한 검법인 것이다. 사쓰마 사람들은 '사쓰마 하야도(薩摩準隼人)'란 별칭이 붙을 만큼 적에게 항복하는 것을 커다란 수치로 아는 기질을 지녔다. 어느 일본인 학자가 1700년대에 쓴 『인국기(人國記)』에는 '사쓰마 하야도'의 기질을 다음과 같이 기록하고 있다.

"현저히 강건한 성질로 항상 이부자리 위에서 죽는 것을 유감으로 여기며, 살벌한 곳에서 죽는 것을 본분으로 알고 자손에게도 이를 영예로움으로 가르친다. 소년들도 쟁투에서 지는 것을 치욕으로 알고, 싸움에 진 어린이에겐 그 부모가 자결할 것을 권한다. 진실로 죽음을 두려워하지 않음은 용맹하긴 하되, 그 비리(非理)를 가리지 않음은 유감이 아닐 수 없다."

무예 외 서양문물 수용에도 적극적

이렇듯 무예를 장려한 사쓰마번은 무예 일변도로 치닫기만 한 것이 아니라 1865년 서양의 문물을 흡수키 위해 19명의 유학생을 영국에 파견한다. 그들은 유럽 각지에서 유학의 성과와 해외 정세를 서신으로 보고해 옴으로써 사쓰마번의 진로와 방향을 제시했고, 1869년엔 『영화사전(英和辭典)』까지 출간했다. 1867년엔 막부의 폐지와 함께 새 정부가 출범했고, 9월에 들어서서 연호가 명치(明治)로 바뀐다. 1869년(명치 2년)에야 비로소 전국의 번들이 그들의 영토를 천황에게 바치게 되고, 1871년에는 번 제도가 없어지고 전국을 현(縣)으로 나누게 된다. 이것을 일본말로는 '하이반치켄(發藩置縣)'이라 부른다. 그후 곧이어 새 학제 공포, 태양력 채용, 징병령 공포, 세제(稅制) 개혁 등을 단행하고 산업과 공업에 치중하게 되어 국세가 급신장하게 되었던 것이다.

한·일 합병의 원인을 알려면 우리나라의 궁중비사 따위보다 당시 일본의 정치상황과 발전과정을 알 필요가 있으며, 당시의 일본을 알려면 사쓰마번의 역사를 짚고 넘어가야 한다. 어떤 국가든 권력체계는 문무양도(文武兩道)에 의해 그 기초가 다져져야 되는데, 조선조 때엔 문(文)은 있되 무(武)가 없음으로 해서 일본에 병합되는 비운을 맛보았던 것이다. 물론 외국에 대한 지식과 새 문물의 도입을 등한히 했다는 점도 돌이킬 수 없는 실수였겠지만……

240년 전의 '사무라이' 마을을 조용히 산책하면서 나는 갖가지 생각에 사로잡혔다. 지리적으로 불가분의 관계에 놓여 있는 한국과 일본, 그리고 한국과 중국. 우리는 바로 옆집 사정을 더욱 잘 알아야 될 것 같다. 만약 '유럽은 하나'란 운동이 일어나 이것이 가시화된다면 '동양도 하나'란 운동이 일어날 수도 있지 않을까.

하이힐과 욕망

사전을 찾아보면 '욕망'이란 생물의 행복을 야기시키는 개체의 동인(動因)이라고 되어 있다. 매슬로우란 학자는 생리적 욕망, 안전의 욕망, 애정의 욕망, 자존의 욕망, 자아실현의 욕망으로 분류했는가 하면, 프레스코트와 게이츠는 생리적(생물적) 욕구과 사회적 · 인격적 욕구로 크게 나누고 생리적 욕구 속엔 식욕 · 배설욕 · 수면욕 · 활동욕 · 성욕이, 사회적 욕구 속엔 사회적 인정의 욕구 · 집단소속의 욕구 · 애정의 욕구 · 성취의 욕구가 있다고 말했다.

대통령이 되려 하거나 국회의원 또는 고관(高官)이 되고자 하는 것은 사회적 인정의 욕망이요, 학자가 새 학설을 펴 나가거나 새 발명을 하거나 예술가의 작품활동, 기업가의 기업 확장, 운동선수의 신기록 세우기 등등은 성취의 욕구와 사회적 인정 욕구의 발로라고 볼 수 있다.

자아실현의 욕망이란 분류법으로 볼 때엔 여성들의 화장과 치장, 보석 등 장식품을 지님으로써 남의 선망(羨望)의 대상이 되고자 하는 것을 넣어야 할 것 같다. 얼핏 생각해 보면 여성의 하이힐은 남성보다 키를 보충하거나 날씬한 각선미를 돋보이게 하기 위한 자아실현의 욕망으로 생각되지만 변소(화장실)의 발달사를 보면 반드시 그렇지도 않은 성싶다.

태곳적 사람들은 아예 변소란 개념이 없이 바람과 건조와 물(비) 같은 자연의 자정(自淨)작용에 맡기고 있었다. 그러나 인구가 늘어나자 자연작용의 한계를 넘어 불가피한 필요에 의해 화장실이 생겨났는데 지금으로부터 약 4천 년 전부터라고 알려져 있다.

변소가 가장 발달했던 로마시대(BC 500~AD 500) 때 라트리나(Latrina)라고 하는 화장실이 생겼는데, 이것은 용변 후 물을 부어 흘려 버리는 간단한 것이었다. 그러던 것이 AD 500년 이후부터는 암흑시대(500~1500)가 시작되어 위생 사상 최대의 불결시대로 접어든다.

그러다가 15세기 말경부터 다시 분뇨의 축적 후에 한 번에 치워 버리는 방식이 도입된다. 그래서 제대로 된 변소가 없던 중세 유럽시대 때의 귀부인들은 기다란 롱드레스를 입고 있다가 저택의 마당 한구석이나 궁궐의 숲속 또는 나무그늘 아래서 실례를 했었다.

여기서 필요해진 것이 발목까지 완전히 감출 수 있는 롱드레스였다. 롱드레스의 양쪽을 들어 올리면서 사뿐히 앉으면 그냥 앉은 것인지 용변을 보는 것인지 구별이 안 되었던 것이다. 여기서 하이힐이란 절대불가결한 구두가 생겨난 것이다. 즉 소변이나 오물로부터 롱드레스의 보호와 속몸과 드레스와의 간격 유지를 위한 방편이 됐던 것이다.

화장실의 본격적인 발달의 시발은 1847년 런던 시내에 대하수도 공사가 완공된 후 분뇨는 반드시 여기다 흘려보내야 된다는 법령이 내려지고 나서부터 유럽 전역에 간이 화장실이 생겨나기 시작한다.

물론 현대에도 아프리카나 남방(南方) 토인(土人)들은 집 근처에 있는 나무와 나무 사이에 새끼줄 같은 줄을 느슨하게 매달고 일을 치른 뒤에 줄을 타고 몇 번 오락가락 하면서 뒤처리를 하는 데도 있다. 또 네팔의 농촌에 가면 근래까지도 화장실이 따로 없는 데가 많다. 그저 길가에 주저앉아 용변을 보고 나면

바람이 순식간에 어디론가 날려 버리고 말기 때문이다.

허나 현대사회에선 수세식 변기가 상식화되어 있고 국부의 세척을 위해 비데까지 설치하고들 있다. 파리의 작은 호텔에 들어가면 방마다 변기는 없어도 비데를 설치한 데가 많다.

이 비데는 변기와 비슷하면서 작은 분수같이 물이 올라오고 그 물만 흘러 내려가게 되어 있다. 외국여행을 처음 간 한국인이 이걸 변기로 알고 용변을 보았는데 그 덩어리가 내려가지 않아서 당황한 나머지 신문지에다 그걸 긁어모았는데 이걸 버릴 데가 또 문젯거리였다. 그래서 호텔 창문을 열어 본즉 뒤뜰이 보이기에 여기다 던질까 했는데 바로 창 아래에 떨어뜨리면 나중에라도 욕을 먹을까봐 남이 던진 것같이 보이기 위해 창을 열고 신문지 뭉치를 휘휘 휘둘러 멀리 던지고자 했었다.

그러자 이번엔 신문지가 찢겨져 나가면서 오물이 튀어 천장에 나가 붙어 버렸단다. 그래서 그걸 또 닦아 내는 데 하룻밤을 꼬박 세웠다는 희극 겸 비극의 단막극도 있었다고 하는데, 이건 결코 지어낸 말이 아니다. 우리나라 사람들은 체면치레를 하다가 더 큰 실수를 범할 때가 종종 있다.

학자에 따라선 사람의 욕구에 진정한 욕망과 준(準)욕망이 있다고 보는 이도 있다. 생리적 욕구는 진정한 욕구가 되고 사회적·인격적 욕구는 준욕망에 해당된다.

따라서 사람들은 진정한 욕구(식욕·배설욕·성욕 등)가 충족되고 나면 준욕구(사회적 인정의 욕구)를 지니고자 한다.

자녀교육도 끝냈고 의식주 등 재산에 관한 걱정이 없어지면 명예욕(사회적 인정의 욕구)이 꿈틀거리게 된다. 그럴진대 명예욕을 충족시키기 위해 인격의 뒷받침이 없이 무리한 욕구 추궁을 하다 보면 뇌물수수 사건이 일어날 수도 있고 부정선거를 저지를 수도 있다. 모든 욕구의 추궁은 그것이 인격형성과 도덕의 뒷받침이 없을 때 무리가 생기게 되는 것이다.

신문지면의 정치·경제·사회·문화면에 나오는 뉴스거리와 TV의 뉴스들은 모두가 욕구 충족의 무리수에서 생겨난 것들이다.

남의 이목을 의식해서 추운 날씨에도 코트를 입지 않고 덜덜 떨며 견딘다거나 체면치레 때문에 자녀의 결혼식을 호화판으로 열거나 분수에 맞지 않게 외제 고급차를 타고 다니는 것도 '자존의 욕망'에 속할 수 있다.

권력을 이용해 터무니없이 많은 재산을 축적했다가 권력을 놓친 후에 구치소에 오락가락 하게 되는 것도 모두가 '안전의 욕망'과 '사회적 인정의 욕구'에 기인한다고 할 것이다.

이러한 모든 욕구는 학교교육이나 가정교육의 뒷받침으로 자제할 수가 있다. 그러나 현재의 학교교육은 자칫 진학을 위한 교육이 되기 쉽고, 현대사회의 구조상 교통시간의 소모에 따른 가정교육의 미비와 컴퓨터 게임의 확장은 도덕교육에 커다란 차질을 주고 있다. 학구적인 욕망은 그것이 깊고 클수록 인류사회에 이바지할 수 있으나 재산 증식 즉, 물욕은 그것이 커질수록 반도덕적이요 반사회적인 것이 되기 쉽다. 요즘 상황으로 볼 때엔 특히 정치가일 경우 '욕구의 자제'가 필요한 때가 아닐까 생각된다.

폭탄 한 방

1950년 8월 28일 밤 나는 개성에 계신 고모님 김용복 씨가 경영하는 진골여관의 이불 방에서 자고 있었다. 이불을 쌓아 둔 골방 속에 숨어서 사촌동생과 함께 곤히 잠들어 있었는데, 돌연히 가위에 눌린 듯 숨이 막혀서 눈을 번쩍 뜨게 되었다.

순간 창밖이 새빨개지면서 유리창이 요란한 소리를 내며 산산조각이 나 튕기는 것이었다. 그러면서 "콰당!" 하는 벼락 몇십 개가 한꺼번에 뭉쳐서 떨어지는 소리가 났고 얼떨결에 창문을 박차고 마당으로 뛰어내렸다. 그제야 멀리서 "웅!" 하는 제트기 소리가 나기에 "아하, 근처에 폭탄이 떨어졌구나."

하고 사태 파악을 할 수 있었다. 여관과 대각선으로 큰길가에 들어서 있는 가겟집에서 새빨간 불기둥이 밤하늘을 찌르듯이 솟구쳐 올라가는데 바로 근처에 또 하나의 불기둥이 올라가고 있었다.

폭발음은 한 번만 들렸는데 불기둥이 두 개인 것으로 보아 제트기의 양 날개에 붙어 있던 두 개의 폭탄이 동시에 떨어졌기 때문인 듯했다. 여관 대문을 열고 밖을 보니 악 쓰고 울어 대는 어린이 주변으로 물 양동이를 들고 뛰는 아저씨에, 피난 보따리를 머리에 이고 뛰는 아주머니들로 골목길은 아수라장이 되어 있었다. 어디로 뛰어야 할지 어떻게 해야 할지 아무도 모르는 것 같았다.

여관 앞 축대 밑에 실개천이 흐르고 있었고 돌다리가 드문드문 놓여져 있는데 그 아래로 뛰어드는 이와 다리 밑에 옹기종기 웅크리고 앉아 겁에 질려 주고받는 소리와 사람을 찾는 악쓰는 소리로 문자 그대로 아비규환의 도가니가 되어 있었다. 고모님도 이 북새통에 불길이 여관에 옮겨 붙지 않나 염려되어 분주히 돌아다니셨는데 다행히 불길이 잦아져서 일단 안심을 하는 듯했다. 그때 바로 어제까지 '인민해방군이 곧 대구, 부산을 함락시키고 미군이 도망가면 조선이 완전히 해방이 된다.' 면서 만나는 사람마다 선전을 하던 인민위원회 여성 간부가 고모님

1950. 8. 28 朝鮮戰爭

을 붙들고 부들부들 떨면서 "전 몰랐어요. 정말로 몰랐어요. 미군이 곧 쳐들어올 건데 전 말을 막 했던 거예요. 제발 제가 했던 말은 없던 걸로 해 주세요." 하며 애걸을 하는 것이었다. 이제까지 틈나는 대로 여관에 들르면 고모님을 붙들고 "영용한 인민군이 이기고 있어요."라며 선전을 하고 좌익으로의 전향을 권고하던 아주머니의 목소리는 이불방 속에서 나도 간간이 엿듣고 있었다. 인민위원회나 여성동맹이거나 민청원 등이 개성 시내에도 이곳저곳에 설립되어 있었으나 당사자들은 대체로 서로 눈치를 보면서 집집마다 숨어 있는 친지들이나 피신하고 있는 관리들에 대한 정보제공이나 색출작전에 비교적 적극적인 협력은 하지 않는 듯이 보였다. 개성 시내는 워낙 작아 옆집과 옆집, 친척과 친지들이 서로 얽혀 있어서 인심을 잃지 않기 위한 배려인 듯했다.

아무튼 8월 28일 밤 제트기에 의해 단 한 번에 떨어진 두 개의 폭탄이 불그스레해졌던 사람들의 민심을 삽시간에 순백색으로 바꿔 놓은 것으로 보였다. 그 폭격 직후의 장면을 여관 뒤쪽에서 보고 한 점의 그림을 그려 두었고 또 반대쪽에서 본 폭격 풍경을 그려 보았다. 연필로 그려 두었다가 서울에 와서 다시 그렸으니 그린 날짜는 1950년 9월 14일이 된다. 분홍 빛깔로 온 시내가 물들어 가다가 단 한 번의 폭격으로 하룻밤 새에 순수한 흰색으로 바뀐 걸 보고 그 소박한 민심에 나도 모르게 미소를 띠었던 것이다.

청계천의 추억

대체로 화랑가에서의 얘기에 따르면 미술 애호가들이 선호하는 건 풍경화나 꽃과 정물이라고 한다. 이는 어느 때 보아도 마음이 가라앉고 편안해지기 때문이다. 그러나 이같은 소재는 14세기 무렵 르네상스 시대부터 줄곧 그려진 것이며, 풍경과 꽃과 정물 또한 변화가 없다. 14세기 때의 산과 숲이나 장미꽃과 술병이나 그릇 또는 과실이 큰 변화가 있을 수 없다.

그러나 사람의 삶은 결코 같을 수가 없다. 호롱불이나 양초는 전깃불로 바뀌었고, 우마차 대신 전차가 있고 건물도 대형 빌딩이나 아파트로 바뀌었으며, 의상 또한 달라졌다. 그렇지만

한 시대 한 시대 우리들의 삶과 환경은 연륜의 변화에 따라 자
칫 희미한 망각 속에 파묻혀 버릴 수 있다. 그리고 1950년대부
터 70년대 초까지 찢어지게 가난했던 시절과 판자촌 시대는 잊
을 수 없는 추억으로 남아 있다.

그 가운데 가장 뚜렷하게 우리들 망막에 새겨져 있는 필름
의 한 토막은 판자촌 군상이었다. 언젠가 이것을 화폭에 담고자
50년대부터 줄곧 판자촌을 누비고 돌아다니며 수첩에 간단한
스케치와 메모를 해 두었고, 50년이 지나서야 화폭에 옮길 수
있었다.

청계천의 줄기는 북악산 계곡과 인왕산 사이의 줄기에서
흘러나오는 물이 지금의 광화문 교보빌딩 뒤쪽으로 흘러서 광
화문 우체국 옆을 지나 동아일보 옆에서 돌아 청계천으로 흘러
갔다. 큰길가나 골목길 사이엔 큰 다리와 작은 다리가 수없이
걸려 있었고, 밤에 술이 거나해서 지나가다가 발을 헛디뎌 개울
에 빠지더라도 다리가 부러질 정도로 다치는 일은 없었다.

그리고 여기까지는 비교적 깨끗한 물, 즉 청계천(淸溪川)으
로 불릴 수 있었다. 수송초등학교(지금의 종로구청) 옆까지는 빨
래를 할 수 있을 정도로 깨끗했다. 그러한 물이 종로3가 근처부
터 청계천가에 판자촌이 들어서기 시작하면서 하수구에서 흘러
나오는 생활용수와 판잣집에서 버리는 물로 혼탁해지기 시작했

다. 그래도 종로3가 근처 개울가의 통로 위엔 방해가 되지 않을 정도로 강둑 위엔 일 미터 남짓한 너비의 판자가 걸리고, 개울 쪽으로 4~5미터 정도 나가서 기둥이 세워진 위에 판잣집이 앙상하니 얹혀 있었다.

이러다가 종로5가를 지나면서부터 판잣집은 염치없이 통로를 더욱 점령했고, 개울가로 그 면적을 넓혀 들어서게 되었으며, 동대문을 지나서부터 판잣집은 2층에다 3층 높이까지 짓기에 이르렀다. 4가부터 5가 사이의 단층 판잣집은 주로 철물점이나 자전거 수리점 또는 보신탕과 뱀탕집 또는 대폿집이었는데, 작부들이 문을 열고 손님을 부르곤 했다.

그러던 것이 동대문 근처부터는 판잣집이 더욱 무질서하게 들어섰고 집장촌이 돼 버렸다. 그래도 낮에는 조용한 편이었지만 해만 지고 나면 동대문운동장 쪽에서 원피스를 입거나 더러는 짧은 한복을 입은 밤의 여인들이 불나방처럼 가로등 밑에 웅성거리며 몰려 있다가 오가는 손님을 향해 흩어졌다가 다시 몰려들곤 했다. 밤의 여인들은 양장을 했어도 미니스커트 시대나 판탈롱 시대가 아니었으므로 그저 빛깔만 야한 평범한 옷차림이었다. 그리고 그녀들의 요란한 화장이 밤의 여인임을 부각시켜 주는 것이었다.

이와 반대방향으로, 신설동 근처에서 동대문 쪽을 향해 가면 개울가 쪽 판자촌은 더욱 다닥다닥 따개비같이 밀집해 있었고, 골목을 사이에 두고 한쪽은 양기와 지붕에 판자로 담을 둘러친 서민주택이 몰려 있었다. 그러나 따개비 판잣집은 오히려 집장촌이 아니고 날품팔이나 지게꾼 또는 달구지꾼이나 시장가에 좌판을 놓고 야채나 과일 등을 파는 잡상인들의 집이 대부분이었으며, 오른쪽 서민주택엔 세 들어 사는 밤의 여인들이 섞여 있었다.

대낮에도 이런 골목길을 지나다 보면 손님을 반강제로 끌고 가려는 여인들을 볼 수 있었다. 다시금 동대문에 광나루 쪽으로 가는 기동차의 발지(發地) 주변도 6·25전쟁 전에는 조용한 변두리 마을이었으나 환도 후부터는 역시 판자촌이 이루어져 있었다. 판자 지붕 위에는 간단한 항아리나 바구니 또는 지게, 물동이, 양동이들이 얹혀 있었고, 조금 정취를 아는 이의 지붕엔 화분이 얹혀 있기도 했다. 어떤 지붕 위엔 판자 사이로 흘러들어 오는 빗방울을 막으려고 헌 우장이나 비닐우산을 덮기도 했고, 대개는 천막으로 전체 지붕을 덮곤 했다.

이렇듯 찢어지게 가난한 속에서도 한두 평짜리 방에서 입시공부를 하는 학생도 있었고, 휴가 나온 군인들이 가벼운 발걸음으로 부모님을 찾아 판잣집 문을 들어서곤 했다. 요즘은 아파트나 빌라촌 주민들이 바로 옆집에 누가 사는지도 모른 채 지내다가 위층에서 아이들이 쿵쿵거리며 뛰고 놀면 항의하러 올라가는 등 서로 흘겨보며 살아가는 경우를 종종 볼 수 있다. 하지만 이렇듯 어렵게 살던 시절엔 오히려 서로 위로하고 도와주기도 하는 등 이웃이 잘 융화돼 있었다.

모두가 자가용을 몰고 다니면서 명품이 아니면 거들떠보지도 않는 요즘 세태는 오히려 살벌해지지 않았나 싶기도 하다. 누가 더 잘사나 하는 무언의 경쟁의식 따위는 그 당시엔 아예 없었다.

가난을 동경할 필요도, 흠모할 필요도 없다. 그러나 적어도 어려웠던 시절을 잊어서는 안 된다. 부모님의 시절을 잊어서는 안 된다. 부모님의 가난했던 시절이 밑거름이 되어 오늘이 있다는 걸 알아야 한다. 사업 부진이나 실패로 절망에 빠진 사람들은 그래도 지금의 삶이 판자촌 시대보다는 몇 배나 잘살고 있다고 위안하면서 새로운 용기를 지녔으면 한다.

소매치기와 성경책

일본에서 소화 초기(1935년경) 때에 실제로 있었던 일이다. 시노하라(이름은 정확치 않다.)란 60대 초반의 신사가 자기 딸 결혼식을 마치고 호텔에서 피로연을 가졌다. 일가친척과 어른들을 모시고 흡족해져서 자신도 모르게 술이 거나해져 손님들에게 술을 권하고자 연회석상을 돌기도 했었다.

밤이 이슥해질 즈음, 피로연을 파하고 택시로 귀가를 했다. 그리고 내실에서 하오리(일본식 예복)를 벗으려고 하자 양쪽 소맷자락이 묵직한 걸 느끼게 됐다. 뿐만 아니라 절그럭 소리까지 나는 것 같았다. 소매 속에 손을 넣어 보니 뭔가 수두룩이 잡히

는 게 있어서 쏟아 보니 회중시계와 고급 넥타이핀과 목걸이 등 귀금속이 수북이 쏟아지는 것이었다. 그제야 '아뿔싸!' 정신이 번쩍 들었다.

그는 소매치기 생활에서 은퇴한 지 몇 해가 지났건만 술이 취한 김에 옛 버릇이 살아났던 것임을 알게 되었다. 그것도 남이 아닌 자신의 딸 혼인식을 축하해 주러 온 친지들의 것을 훔친 것이었다.

엄청난 충격을 받은 시노하라는 단도를 찾아 꺼내 들고 부엌에 들어가 도마 위에 소매치기로 쓰던 자신의 두 손가락을 올려놓고 잘라 버렸다.

다음은 한국에서 있었던 얘기다.

신출내기 소매치기 하나가 노장급 소매치기를 따라 만원전차를 탔다. 그러자 군중 틈에 유난히 명품으로 몸을 감싼 숙녀한 사람이 눈에 띄었고 그녀의 손목에 천만 원이 넘는 파텍스 시계가 번쩍이고 있었다. 시계 끈엔 고리가 단단히 잠겨 있어서 도저히 손을 댈 수가 없었다. 그래서 노장급 귀에다 대고 속삭였다.

"저런 경우는 어떻게 해야 낚아챌 수 있을까요?"

"이놈아! 그것도 몰라, 여성 앞에 다가가 그 시계를 자꾸

보란 말이야."

무슨 영문인지 모른 채 신출내기는 그 여성 앞에 다가가 시계를 유심히 바라보다가 잠시 다른 걸 보고 다시 시계를 뚫어져라 보기를 되풀이했다. 인상이 과히 좋지도 않은 젊은이가 자신의 시계에 눈독을 들이는 걸 느낀 숙녀는 불안감이 들어 슬그머니 시계를 풀어 백 속에 집어넣어 버렸다.

'바로 이거구나!' 속으로 외친 신출내기는 숙녀가 전차에서 내릴 때 잽싸게 백을 째고 시계를 낚아채 갔던 것이다. 노련한 소매치기가 되면 손가락 재주뿐 아니라, 인정의 기미까지 알았던 것 같다.

요즘 은행 입구엔 '오토바이 2인조 날치기 조심하세요.'란 문구와 함께 핸드백을 날치기하는 오토바이 소매치기 그림까지 그려진 포스터가 붙여져 있다. 하나는 운전을 하고 하나는 핸드백을 날치기하는 2인조를 각별히 조심하란 뜻인데, 불경기 세태 속에서 한편에선 명품 바람이 부는 이상풍토가 되어서 그런지 소매치기, 날치기, 들치기가 밤낮 가리질 않고 횡행하고 있다. 이 역시 실제 있었던 얘기다.

어느 날 저녁, 얌전하게 잘 차려입은 할머니 한 분이 백을 들고 골목길을 가는데 "붕!" 소릴 내며 오토바이가 지나가면서

백을 낚아채 달아나는 것이었다. 대개는 "소매치기야!" 소릴 지르는 게 상식인데 할머니는 "그건 성경책이야!"라고 소릴 질렀다. 그러자 소매치기는 백을 획 하니 내던지고 달아나 버렸다. 소매치기는 속으로 '에이! 재수 없어……' 라고 했겠지만 하느님은 그에게 중죄(重罪)를 내리진 않을지도 모른다.

도요토미 히데요시와 초상화

십여 년 전 브라질을 여행했을 때 식물원을 둘러보았었다. 그때 잎이 널찍한 선인장 잎사귀에 사람의 이름이 새겨진 걸 보고 충격을 받았다. 흔히들 바위에다 자기 이름을 새기는 것은 익히 보아 오긴 했다. 오죽 자기 이름을 알리고 싶었으면 돌 위에 이름을 새겼을까. 또 국회의원 선거 때 자기 사진이 담긴 포스터를 담벼락에 붙이는 걸 보면서 조금은 애교스럽게 해석하기도 했었다. 그러나 살아 있는 식물에다 이름을 새긴 걸 보고는 골목길을 쏘다니던 강아지가 자기 영역을 알리기 위해 전신주마다 한쪽 다리를 들고 오줌을 깔기는 그런 연상이 떠올랐었다.

사람들의 욕망 속엔 명예욕이란 게 있고 자기 이름을 널리 알리고 싶어한다. 별 안간힘을 써도 남들이 알아주지 않을 때엔 치부를 해서 돈의 힘을 빌어 사람들이 자신에게 굽신거리게 하는 것으로 대리만족을 하는 이들도 있다. 이름이 알려지지 않으면 대신 자신의 모습을 알리고자 하는 이들도 적지 않다. 그래서 친한 화가가 있으면 자신의 초상화를 그려 받고자 부탁을 하기도 한다.

　　또 한 가지 측면으로 보면 사진기가 없었던 중세 때엔 여러 나라가 왕실끼리 정략결혼을 하면서 멀리 떠나가 있는 자신의 혈육의 모습을 볼 길이 없자, 왕자나 공주의 모습을 왕실화가에게 그리게 하여 초상화를 교환, 그 그림을 통해 자신의 혈족이 자라나는 모습을 보고 마음을 놓기도 하고 위로도 받았던 것이다.

　　그래서 르네상스의 발전과정에서 초상화가 중요한 자리를 차지하게 된다. 〈모나리자〉도 결국은 초상화요 고야의 〈마르가리타 공주〉도 초상화이면서 그 생동감과 내재된 성격묘사는 불후의 명작이 된다.

　　내게도 때때로 사람들이 자신의 초상화를 부탁해 올 때가 있다. 그러나 대개는 거절하기로 마음먹고 있다. 자신의 진실된 모습보다 미화(美化)된 모습을 담아 주길 원하기 때문이다. 예컨대 내 주관대로 그려 놓으면 주름이 많으니 좀 줄여 달라거나 광대뼈를 없애 달라거나 머리칼 숲을 늘려 달라는 등등 주문이 많아진다. 그래서 그 주문에 맞추어 그려 주면 본인은 만족할는지 몰라도 제3자가 보면 '그게 어디 닮았느냐?', '아무개는 이 정도밖에 못 그리느냐?' 라는 혹평을 하게 된다.

더욱이 캐리커처(만화로 그리는 초상화)로 그려 달라는 주문엔 입이 다 벌어진다. 캐리커처란 외모의 특징, 즉 단점을 과장되게 그림으로써 더욱 닮게 그리고자 하는 게 목적인데 이걸 미화시키면 닮아질 리가 없지 않은가?

동서고금을 막론하고 당대의 권력가들은 자신의 초상화를 많이 남기고 있다. 일본 전국시대 때의 무장(武將)들의 초상화를 보고 있노라면 거기엔 무장들의 성격이 잘 나타나 있어 재미있다.

일본을 무력 통일시켜 최고 권력자가 되고자 한 건 비단 도요토미 히데요시만이 아니었다. 그중엔 센다이(仙臺) 지방의 영주 다테 마사무네(伊達正宗)가 있었는데 그는 갖은 권모술수에도 불구하고 히데요시의 일개 휘하 장수로 주저앉을 수밖에 없었다. 그런데 그는 아기였을 때 마마를 앓다가 애꾸가 되었다. 계속 성장해서 그 아버지에게 물려받은 영토를 몇 배로 늘린 명장이지만 그의 초상화엔 애꾸로 그려진 그림은 단 한 점도 없다.

이를테면 자기 자신의 진실은 덮어 버리고 미화시키려고

豊臣秀吉

마리아 루이사女王

카를로스四世

했던 것이다. 여기에 대조적인 것은 도요토미 히데요시의 초상화라 볼 수 있다. 그는 불과 62세에 죽었지만 그 초상화는 80세 이상의 노인으로 보인다. 오글쪼글하게 찌그러진 주름살 속에 조그마한 눈초리만 빛난다. 광대뼈 밑으로 구레나룻이 나기 시작했고 턱밑 수염은 무리하게 자라나게 해서 간악(奸惡)해 보인다. 최고급 비단 위에 그려진 여러 초상화가 모두 추남이요 간악한 노인상으로 표현돼 있음을 볼 수 있다. 도요토미 히데요시는 이것을 굳이 미화시켜 그리게 하진 않았다. 도요토미 히데요시는 천성적인 엽색가여서 사대부 집안의 처녀나 유부녀는 물론 자기 신하의 부인까지 끌어들여 후궁으로 삼았나 하면, 농촌의 부녀자들도 자신의 눈에 들었다 하면 손에 넣고 희롱의 대상으로 삼았었다. 심지어 자신의 정력 보강을 위해 조선에 출정 나간 부하 무장들로 하여금 호랑이를 잡아 그 고기를 소금에 절여 포식을 하기도 했다. 그중 가토 기요마사(加藤淸正)의 호랑이 사냥 얘기는 아직까지 유명한 일화로 알려져 있다. 나중엔 호랑이 고기가 남아돌아서 이젠 그만 보내라는 전갈을 보냈다는 기록까지 남아 있다. 바로 이런 점이 인상에도 반영되어 조로(早老)증 환자로 보이게끔 된 것이다. 그가 갖은 애교와 아첨을 해서 오다 노부가나(織田信長)에게 신임을 얻고 급기야 그의 후계자가 되어 천하를 통일하는 데까지는 좋았으나 과대망상증 환자가 되어 조선과 명나라를 정복할 수 있다는 백일몽(白日夢)을 꾸었다가 엄청난 실패를 했다는 일화는 역사가 말해 주고 있지만 그는 적어도 자신의 모습을 미화시킴으로써 추악한 자신을 덮어 버리고자 하진 않았다. 이 자그마한 성격 차이로 다테 마사무네는 천하통일을 못 했고 도요토미 히데요시는 통일이란 대업을 이루었던 것 같다.

1800년 스페인의 궁중화가 프란시스코 고야는 당시의 여왕 마리아 루이사와 카를로스 4세의 일가를 그린 대작가였다. 일반적으로 역사학자들은 마리아 여왕은 탐욕의 화신이요, 카를로스 4세는 무능의 표본으로 쓰고 있다. 그림에도 여왕의 모습은 합죽이 턱을 지닌 늙은 추녀로 그려져 있고 카를로스 4세는 멍청한 바보로 그려져 있다. 여왕과 왕은 비록 무능했을는지는 몰라도 자신들의 모습이 있는 그대로 남겨지길 원했던 것 같다. 순박한 인간미가 그대로 풍겨나지 않은가?

세상엔 덮어 버릴 수 있는 것도 있고 덮어 버릴 수 없는 것도 있다.

황사와 흉노

봄철만 되면 하늘은 누런색 안개가 낀 듯 희뿌옇고 아파트의 벽은 회황색(灰黃色)으로 물들어 있다. 차를 몰던 기사도 혀를 끌끌 차며 "이놈의 황사(黃砂) 때문에 뭐가 보여야지."라면서 와이퍼를 돌려 차창을 닦아 낸다.

해가 지나면 좀 나아지겠지 하던 황사의 기세는 좀처럼 꺾일 기미가 안 보인다. 나는 누런 황사 너머 저쪽에 얼핏 먼 옛날에 중원(中原)을 달리던 흉노의 모습을 떠올려 본다.

유럽이나 미국, 아프리카 등지에선 볼 수 없는 황사가 왜 한반도와 일본 등엔 이토록 피해를 주는 것일까? 그 원인은 중국의 삼림(森林)이 황폐해진 데에서 찾아야 될 것 같다.

왜 중국의 숲은 그토록 황량해져서 모래바람을 일게 하는 것일까? 학자들 사이에서는 만리장성의 축조(築造) 때문인 것으로 이야기되고 있다. 만리장성은 진시황제가 북방 유목민족인 흉노족의 침입을 막기 위해 짓기 시작한 것이었다. 춘추전국시대 이전에 연(燕), 조(趙), 위(魏), 초(楚)나라가 건조해 놓은 성벽을 진시황이 연결시켜 놓은 것으로 주로 흙을 굳혀 만든 흙벽돌로 축조한 것이었다.

1206년 칭기즈칸이 몽골을 통일시키고 러시아와 페르시아까지 공략한 후 다시 되돌아와 중국 북방의 서하(西夏)를 멸망시키고 자신의 막내아들 후비라이에게 왕위를 계승케 했다. 그러나 후비라이의 왕위 계승에 불만을 품은 왕족간의 분열로 영토가 좁아졌다. 이에 후비라이는 본거지를 대도(大都, 북경北京)로 옮기고 중국의 중북정복에 나선다. 급기야 중국을 정복하고 원(元)이라 국호를 바꾸고 한(漢)나라 사람들을 남인(南人)이라 천대하며 중과세(重課稅)에 시달리게 하자 홍건(紅巾)의 난이 일어나 주원장(朱元璋)이 그 두목이 되어 원군(元軍)을 격파, 1368년 홍무제(洪武帝)로 즉위 명(明)을 세웠다. 그는 다시금 원의 수도 대도를 점령, 원군을 북방으로 멀리 쫓아내고 나라를 일시적으로 안정시켰으나 자신의 정적이 될 소지가 있는 공신(功臣)과 그

칭기즈칸

연루자를 약 5만 명이나 숙청, 공포정치를 펼쳤다.

1399년 북방을 지키던 홍무제의 사남(四男) 연왕(燕王)이 거병, 급기야 내란에 이기고 난 연 왕은 1402년 7월 영락제(永樂帝)라 칭송하고 수도를 남경(南京)에서 북평(北平)으로 이전, 북경이라 고쳐 부른 후 자금성(紫禁城)을 짓고 국위를 떨쳤다. 그리고 다섯 차례나 대군을 이끌고 몽골을 원정하기도 했다.

1424년에 영락제가 죽자 1449년 몽골군이 대거 남침, 명군(明軍)은 대패, 북경이 5일간이나 포위되기도 했다. 결국 몽골군을 쫓아내기는 했으나 몽골에 원정할 여력은 없었고 다만 몽골군에 대한 방어를 강화키 위해 약 백 년이란 세월에 걸쳐 만리장성을 새롭게 축조했다.

명나라 때에 지은 만리장성은 북경을 지키기 위해 견고한 벽돌을 구운 것으로, 그 벽돌을 굽기 위해 상상을 초월할 만큼 막대한 분량의 목탄(炭)이 사용되었던 것이다. 그 목탄 제조를 위해 일 세기 이상에 걸쳐서 삼림의 난벌이 계속되었으니 사막으로 변한 중국과 고비사막의 황사는 계절풍을 따라 계속 한국과 일본으로 날아들게 되었던 것이다.

애초에 칭기즈칸에 의한 몽골 통일이 이루어지기까지는 몽골제국의 수도라고는 없었다. 칭기즈칸의 시대(1206~1227)엔 몽골고원의 중앙부에 몇 곳인가 야영지를 세웠고, 본영(本營)은 그 사이를 순회하곤 했다. 유목민족에 있어선 카라, 코루무(검은 모래더미)라 불리는 소규모의 도시만 존재했었다. 몽골황제들은 그 궁전과 군단마다 남쪽과 북쪽으로 계절에 따라 이동하며 유목군주로서의 생활형식을 유지했던 것이다. 그 카라, 코루무 성에는 입성(入城)을 않고 그 주변 초원에 대천막촌을 설치하고 그 중심엔 수천 명이 수용되는 '황금의 천막(天幕)'(시라 오루도)을 짓고 대연회를 열기도 했다. 카라, 코루무는 사람과 물건을 간수하는 일종의 창고 역할을 했을 뿐이다.

자신이 살고자 하는 고정된 궁전이나 집이 없으면 남을 침략하기가 쉽다. 가진 자는 그 가진 물건을 뺏기지 않게끔 늘 불안한 한편, 궁전이 없는 유목민족은 남의 궁전을 쳐부수고 불을 지르기 쉽고 설혹 힘에 부쳐 도망쳐도 이쪽은 잃을 게 없었다. 그러니 자금성 등 북경을 지키기 위해 명나라는 만리장성을 짓지 않을 수 없었고 그러다 보니 삼림이 황폐해져 몇십 년에 걸친 황사 공해를 일으키게 된 것이다.

이 황사를 없애기 위해서 향후 백여 년에 걸친 삼림 육성이 요구된다. 황사가 뿌옇게 온 하늘을 덮는 날이면 나는 때때로 황사 속에 흉노들이 말 달리는 환상을 보곤 한다.